# CONTOS MANHOSOS

*e outras histórias*

CONTOS MANHOSOS E OUTRAS HISTÓRIAS
Autor: Pedro Albuquerque

Editor: Marcos Pamplona
Editor: Claudecir Rocha
Projeto gráfico: Rute Valadares
Produção: Kotter Editorial

Dados Internacionais de Catalogação na Publicação (CIP)
Angélica Ilacqua CRB-8/7057

---

A312c Albuquerque, Pedro
Contos manhosos / Pedro Albuquerque. – 1. ed. – Curitiba : Kotter editorial, 2025.
121 p.

ISBN 978-65-5361-422-2 Brasil
ISBN 978-989-35883-6-9 Portugal

1. Contos brasileiros I. Título

25-1088 CDD B869.3

---

Kotter Editorial Portugal
kotterportugal@gmail.com
@kotterportugal

Kotter Editorial Brasil
Rua das Cerejeiras, 194 82700-510 | Curitiba/PR
www.kotter.com.br | contato@kotter.com.br

Pedro Albuquerque

# CONTOS MANHOSOS

*e outras histórias*

KOTTER

# INDÍCE

I. DO CÉU

*ao Mia Couto*



II. ...E DA TERRA

*à Helena Freire*

*E numa forma muito particular ele chega até nós com sua visão de aconchego familiar, detalhando cada pormenor, para que estejamos juntos em qualquer que seja a circunstância da vida, sem medo.*

**Bonga**

# I

# DO CÉU

*ao Mia Couto*
*por me ter aberto uma outra porta*

# AS FLORES DO CÉU

## I

Era de crer no empenho dos deuses em alinhar o seu gosto com o suor dos Homens. A pureza preserva-se com trabalho e aquele retalho, onde os ciprestes rasgavam as nuvens e os fetos dançavam aos ventos alísios, era tido pelos velhos como o *espelho do Céu*, uma *amostra do que te espera caso te saibas orientar*. A própria luz refugiava-se ali, equiparada a qualquer outro bicho-ser ou entidade, pernoitando aos pés das rolas, aconchegada nas pétalas, sob o ramerrão dos que faziam da noite, dia.

De cima, o jardim fugia ao esquema do asfalto, das telhas e dos descampados. De frente, opunha-se à escala do betão, assombrando os artistas acostumados a outras facilidades. Muitos ainda se detinham à entrada, amparados pelo portão concebido para impedir a fuga das rosas mais gordas e das orquídeas mais grávidas. Se a impedia? Quase. De modo que se redobravam esforços em determinadas efemérides, atualizando-se com regularidade os métodos de caça ao ladrão. Aprendera-se, por consequência, a descodificá-los pelo cheiro – o perfume diz da pessoa, e assim se previam seus passos.

Se intercetados, alguns, chegavam a lançar-se ao despenhadeiro cegos de adrenalina e vergonha. Outros, eram vítimas do coração ou de um promontório que volta e meia se sacudia e abanava, entornando diretamente no mar aquilo que não engolia. Essa agilidade permitia-lhe dessedentar as raízes sem as afogar. Permitia, também, adoçar as águas em redor da ilha, acostumada ao ardor cáustico do salitre.

## II

Solteiro e sozinho, João Cabral percorria a avenida preso aos bolsos. A tarde empalidecia e o jardim parecia derivar tanto quanto o pensamento – *a cada sonho uma esquina, a cada esquina um beco*, até que das ausências se fez o momento de entrar e lá se adentrou ele como gente da casa.

No seu ritual diário, procurou um banco sob as umbelas dos pinheiros, abriu a jaqueta ao encontrá-lo e dela retirou um punhado de sementes. Sabia exatamente onde o amontoar, pois aprendera a dominar a técnica da meia-distância: perfeitamente longe para que os pássaros confiem e suficientemente perto para que se reconheçam.

Quando se sentou, já haviam baixado dos cabos os tordos, dos ninhos os cucos, dos ramos os gaios, os piscos e os rabirruivos e, pelo gramão, a passo, surgira uma alvéola e um casal de gaivotas. Não contaria com as gralhas nem com os melros, nem com outros que talvez estivessem ainda fartos. Porém, um batalhão de insetos tomou-lhes a vez.

João Cabral afastou-os da fila para o *takeaway* e só tranquilizou ao certificar-se que não sobrava migalha. Então, estirou-se no banco e deixou-se adormecer aquecido pelas últimas franjas de luz, ao som dos tambores da água, sonhando o recolher das aves.

## III

"Vó, quero dar de comer às flores." Como era seu apanágio, a avó não se perdia a corrigi-lo: "às flores só vai água, filho." Ele então insistia: "mas vó, os pássaros são as flores do céu."

Deslumbrado pelo seu voo, que mimicava de braços leves, pelo canto, que copiava em assobios breves, e pelo colorido de suas penas, que colecionava nas lapelas, João Cabral criançava suas sentidas genéticas.

Uma vez na praça, fazia do indicador uma seta, apontando aos irmãos de asas, correndo atrás deles enquanto interpelava família ou polícia para que lhe facultassem uma mãozinha, algum serviço de recolha e entrega de pardalada, chorando se o ignoravam. Felizmente, soube crescer e aprender a descodificar textos e frases, tomando para si o definitivo sentido da Liberdade. Porém, só na conclusão da instrução básica, descobriria a sua singular natureza.

Do desaguisado, na caderneta, o que apraz citar: "É imperativo impor limites ao João. Peço que compareçam no meu gabinete para que possamos discutir as suas atitudes".

Fora que aproveitara a ausência da professora, no intervalo, para explicar aos colegas o que esta não lhes conseguira passar. Para tal, apagara as fórmulas milimetricamente dispostas na ardósia e pôs-se a reescrevê-las consoante avançava na matéria. Porém, embrenhado por completo na epopeia, atrasou-se a escutar as solas de D. Almerinda estalando no linóleo do corredor e, no cola descola... A dona já à porta, afobada, esbugalhada nele, com o pescoço entornado, confusa, iniciando uma revista à turma, ao chão, ao teto e... Nada?

Voltou a ele, com a verticalidade restaurada à razão, trespassou-o por cima dos óculos e apontou à única secção que levava por inviolável. Aí, compreendeu: as suas equações haviam sido substituídas por outras sem qualquer ordem aparente, de todo encavalitadas entre si. Um arrelio.

Os cadernos caíram-lhe (atirara-os?) e a voz, de si esganiçada, aflautou-se-lhe.

– Deus meu! Que vem a ser isto? – (poderiam ouvir-se moscas caso fosse verão) e com as somas feitas, sem lhe restar um pingo de dúvida, lançou-se na direção de João Cabral, increpando-o rudemente:

– Vossa senhoria teve o desplante de..?

– Vai mal nisso? – retornou o ganapo elevando as omoplatas.

Numa de descodificar a afronta, a prof.ª tirou um minuto para lhe inventariar as expressões. Seus olhos lançavam chispas. Sua cabeça meneava. Ele permanecia imoto, preso ao púlpito, com o giz estalando entre os dedos.

– Que toleima vem a ser esta? – antes que: – Não se atreva a responder, seu... Seu fedelho. Quer substituir-me, é? – e numa furiosa querela como semelhante nunca se vira levantar, sem suspeita, disparou tal galheta que João Cabral aterrou de costados no estrado.

Depois, Almerinda, respirou a fundos, equilibrou-se no grande rabo gordo, apanhou seus cadernos, apanhou-o a ele e foi sentá-lo na secretária com intuitos de aliviar a pressão arterial através da atribuição indiscriminada de lamparinas e palmatoadas. (Estas seriam aceites de cabeça baixa, com os músculos superciliares heroicamente contraídos, enquanto desculpava os professores programados para dar e não para receber.)

Resistiria até descobrir que ficaria sem almoço. Então, formigou-se-lhe a garganta e uma febre, que desconhecia, subiu-lhe à boca como um punho desde os pulmões. A respiração apertou-se-lhe apertadinha, mas ainda foi a tempo de banhar a classe com o seguinte:

– Só estava a ensinar o que a senhora professora não conseg... – e antes que esta lhe chegasse nova roupa ao pelo, nessa saraivada de emoções que lhe vinha de dentro, lá para os lados do coração, como um arroto que se solta, esvoaçou-lhe boca fora uma pomba branquíssima. A turma maravilhou-se. Almerinda paralisou e, paralisada, viu-a bater a sala em círculos lancinantes. Estava capaz de definir o aparato como "um belo truque de magia", mas alguém correu a abrir as janelas, livrando o bicho do sarilho.

## IV

Levou nova sova ao regressar a casa.

Um interrogatório sem direito de resposta, entrecortado pelo suspiro da torradeira, acabou por fazê-lo vociferar a raiva em sobra. Num berro, subiram-lhe novos bicos à boca. Desta feita, um casal de andorinhas espreitou a medo. O pai ordenou que desembuchasse, *Caso sejas homem!*, e ele, apertando-se mais e demais (e elas tentando encrespar suas asas em simultâneo), acabou por cuspir a primeira de chofre. Seu par acompanhou-lhe o rastro causando grande comoção.

– Bruxedo, isto é bruxedo! – gritou a mãe com as mãos no peito. Ou o peito nas mãos?

Tontas sobre a fruteira, as andorinhas, espanejaram as

asas numa de pegar dali e o pai, incrédulo, iniciou a chapar o ar para as encaminhar à saída.

Importa sublinhar que, nessa noite, João Cabral abriria para homem. A luta começara. Anos mais tarde, tornar-se-ia presidente da Associação de Estudantes, representante máximo da assembleia-geral de alunos da faculdade, um comandante-supremo da sua república. No estágio, pleitearia as causas certas e, hirto de valores, escalaria a vice-ministro.

Nesse cargo, assinaria uma proposta para que se recuperasse uma parcela das contas milionárias, redistribuindo-a pelos desfavorecidos. A "lei do pardal-ladrão" – como apelidada, acabaria por o levar à reforma

sem grandes direitos, os seus conterrâneos haveriam de reclamar da sua constante no parque, não entendendo (ou fazendo por não entender) que o reboliço que criava entre as aves, que se catapultavam de longe em busca de alimento, não seria menos que uma desculpa para rever aqueles que trouxera ao mundo – seus filhos.

Obs.: Cuidamos que João Cabral tenha impedido o derrote de árvores e lutado pela conservação das espécies autóctones até se dedicar em exclusivo à columbofilia (desporto que lhe granjearia reputações junto dos mais aficionados, uma vez que obteria, com alguma regularidade, altas classificações em concursos internacionais e uma ou outra menção honrosa para os lados de casa). Pela ocasião do vigésimo aniversário da sua morte, teve o povo o rasgo de importar um casal de cisnes para que o lago se adornasse em memória da elegância de seus gestos.

## DOS VIZINHOS E DAS VASSOURAS

Sentiu o taco vibrar. Era a vizinha do rés acrescentando a vassoura ao teto. Quê? Queixava-se? *Já ninguém aprecia um tango...*

*Vem. Vem e já te digo com quantos paus se...*

Foi. Abeirou-se da porta e bateu. Bateu gentilmente, chamando-o com a gata ao colo. Bateu de novo. *Vai-te catar. Vai-te catar a ti e aos teus que só dormem e comem e dormem e marcam território. Desgraçados! Vai pro raio q... mais a tua bicharada carregada de pulgas e sarna e lêndeas e carrapatos e piolhos e percevejos e... Valia teres ido na vez do Tónio que sempre enrolava uns comigo... Deus soube-lhe o sofrimento. (Foi-se?)*

Foi. *Um Piazzolla, dois Piazzollas, três Piazzollas, quatro Piaz... Miseráveis! Mas decidiram atirar com a loiça? Não lhes bastou arrastar os móveis!?* Filhos duma grande mula! Vou buscar o guarda-chuva. *Traz traz pum traz! Estão a fazer de propósito*. Nojentos. Ordinários! *Traz traz pum traz. Vou lá!*

*(O elevador tresanda!)*

Subiu. *(Noc noc. Who's there? Ucildes Carvalho. Venho por este meio informar que devem enfiar o Erasmus no...)* Esperou.

Olha quem é ela... Seja bem aparecida, Dona Glorinha. Como está? Estou bem, filho. Penso que se esqueceu de... Louvado seja o Senhor. Não me digas! Que vergonha! (Para o bolso com a touca, atrapalhada.)

Estávamos na cama quando ouvimos o estrondo. Foi a tua porta, não foi? Alguém aguenta isto, senhora? *Raves* todas as noites... Nem a grafonola me embala. Sinceramente...

*Nhoc Nhoc*. Tá a ver? Ninguém. Eu topei-os a toparem-me pelo olho-mágico. Foi, filho? Deixai-os. Estão na idade da parvoeira.

Morde? Não, filho. É uma paz de alma e muito asseadinha. Cumprimenta o senhor, Mimi. (Estendeu-lhe a pata.) Prazer. Bem, desisto. Boa-noite.

Olha filho, se quiseres, tenho lá uma vassoura... *(Que novidade.)* Uma vassoura faz milagres, sabes? Por exemplo, os franceses foram corridos ao murro e ao pontapé, imagina se houvesse vassouras na altura... Não concordas? Bem visto, Dona Glória, mas se não me levar a mal, vou descansar. Eu também, filho. O Tomé ficou sozinho e já deve estar a fazer das dele. Não me pode ver sair q... Deixa, não compreendes. Não tens patudinhos. Diz adeus ao senhor, Mimi. (Acenou-lhe a pata.) Passe bem, Dona Glória. (Ele desceu, ela desceu mais.)

Ainda os pássaros aqueciam a saliva e já os tacões regressavam. – Será que esta gente não dorme? Não dorme, nem deixa dormir! – *Nhoc Nhoc*. Levantou-se. Espreitou. *(Dá para abrir de ceroulas e pantufas?)* Do outro lado, a espanhola, a rímel e batom. *Nhoc Nh*... Abriu.

*Diga. Bolinhos de azeite. Sobras? Não se incomode.* (Fechou a porta.) *Haja lata.*

A espanhola desceu. A velha aceitou. Com a gula, meteu--os à boca, sem os molhar no leite, engasgou-se e engasgada morreu sobre a mesa.

Até arrefecer teve companhia. Depois, havia territórios a remarcar. Prioridades.

A grafonola voltaria a crescer ao início da noite

outra vez

o estuque num oito. Cravado a guarda-chuva e a demais objetos de ponta, numa ira que só indo lá acima.

Foi. *Nhoc nhoc*. Esperou. Campainha. *Esperou. Nhoc nhoc* novamente. Esperou novamente. Desconfiou da ausência da velha. Não esperou mais, calado, desceu.

Na manhã seguinte, um cheiro a queques acabadinhos de, levou-lhe as mãos ao tabuleiro. Não sem antes observar a passagem duma comitiva que irrompia escada acima como se inspecionasse a vizinhança.

Vinham tomar posse dos do 3º com o objetivo de se instalarem *asap*[1]. Traziam porcos, vários objetos próximos de bombos e mulheres a rodo com seus colares e pulseiras coloridas e seios *à la* National Geographic. Mulheres que entoavam cânticos semialegres, quase possuídas, dos quais retirou: "dança da chuva". (Há meses que suas matas ardiam e o último piso talvez lhes desse a ouvir os deuses.) A espanhola não retirou nada.

*Pobre...* – Um segundo – encostou-lhe a porta à cara, riu quanto tinha e regressou à sua presença totalmente sério. – Confie – disse, fazendo-lhe chegar o cabo duma vassoura.

........................

1 *As soon as possible* – do inglês: "o mais breve possível".

# COMO CHUMBO

Ia pela berma, inclinada para a esquerda com o peso do garrafão. A coluna latejava e os joelhos iniciavam a tremer. Convinha dar com a praia rapidamente ou não teria forças para romper pelo aglomerado de algas muito verdes que impedem os sonhos de dar à costa.

Queria ver a baía, refrescar-se no mar. Quiçá, mergulhar para lá de lá, junto das baleias e dos golfinhos, nua quanto eles. Aí residia seu pensamento. E quão ingénua sua maneira de levar as coisas, de suportar aquela rotina, toda a estrada e todo o sol que lhe passava a pele como um ferro, envolvendo-a numa película de suor que, mais uma vez, a chamou à terra assim que a fez largar o garrafão sobre as chinelas.

*Merda!* Apenas: *Merda!* Se se podia exaltar, podia, mas nem lágrimas nem o diabo a sete. Apenas: *Merda!*, que sozinha fica difícil criar uma cena, para alguns, chorar.

Era habitual, pelas doze, encontrá-la à sombra, sentada. Contudo, a nódoa de sangue subira-lhe à napa e descalçou-se, demorando um tanto

até ao trilho

talvez duas horas, quando poisou o garrafão sobre o asfalto (era com ele que farolava a monótona reta que dividia o pinhal) e se dirigiu ao banquito.

Ainda avançou pela mata antes de tombar a bolsa do ombro e, dela, retirar o tabaco, o isqueiro e o rádio. Depois, sentou-se a sintonizar a estação em maior conformidade com o seu humor e acendeu, por fim, um cigarro.

Dentro em pouco, recomeçaria o trânsito de camionistas e madeireiros que aceleravam em direção oposta à sua. Alguns paravam de estômago cheio, outros, ela via passar passando sem tempo de a ver. Era assim há vinte-e-tantos anos.

Quem se servia daquela cortada, sabia da blusa e do vestido arregaçado. Ela sabia de horários e detestava que a apanhassem desprevenida. Na realidade, o que detestava mesmo era ser sozinha, pelo que o rumor de rodados representava uma fonte de esperança, um endereço móvel chegando. Que a levassem. Se morresse, ninguém faria caso. Os filhos construíam-se por aí, os amigos idem e os pais... Quais? Aqueles que..?

*

Uma tosse repentina fê-la soltar o catarro acumulado no caminho. A garganta pareceu fechar em ebulição, por instantes, a visão desfocou-se-lhe. Sentiu-se a desfalecer.

Quando veio a si, o cheiro intenso a pinha tinha-lhe lavado os pulmões e uma massa negra ocupava-lhe o canto da vista. *Merda!*, apenas.

Disfarçou quanto deu. Ajeitou-se. Perfumou-se, porque perfume sempre, e deslizou rapidamente para o automóvel que já descia os vidros ao limite das portas para que se pudesse certificar que, tanto atrás como à frente, só gente da casa.

Abriu-se-lhe então a bagageira, lá acomodou a bolsa, e foi numa pressa recolher o garrafão. O banco ficava para quando regressasse e menos mal que não fossem necessárias mantas. Perscrutar o chão em busca de insetos ou ramos afiados era tarefa para outro cansaço.

Na volta, mergulhou para lá de lá, junto dos bichos, nua quanto eles. Em breve, romperia pelo aglomerado de algas muito verdes que impedem os sonhos de dar à costa.

*

A coluna latejava e os joelhos iniciavam a tremer. Talvez fosse velha demais para sentir prazer. Talvez fosse apenas velha demais. Talvez uma paisagem calhasse bem. Foi isso que lhes propôs. Que a levassem. Se morresse, ninguém faria caso e claro está que lhe eram favoráveis desde que se não perdesse com romantismos.

Encontraram um descampado

junto do rio

estacionaram e ela saiu para respirar fundo e largar ao vento os calos, as bolhas, os escaldões, as saraivadas na época das chuvas, o oleado, as galochas, o frio

que nem o casaco de marta escondia

o olhar dos vizinhos quando, enfim...

Ao cabo de minutos, que regressasse. Chegava. E ela regressou sim, mas com o maço de notas na mão e a ideia de o enviar pela janela num gesto que se traduziu num lábio aberto e na perplexidade daqueles que ficaram presos ao banco vendo-a virar costas enquanto o maço rolava pela pança do morto sem que este lhe conseguisse deitar a mão ou evitasse o poço sem fundo daquele intervalo entre os estofos e a consola.

Logo as portas bateram e a confusão estalou. Ela que

pretendia tão simplesmente ficar a estudar o curso do rio – porque todo o rio é uma aresta do futuro, nem se fez à corrida. De um puxão, um estalo, dois, uma joelhada, pois que traíra os belos tempos. Que isto e aquilo não ficaria assim. *C'o diabo te carregue!* E mais um soco para alerta e um pontapé para a deixar em posição fetal protegendo o rosto. Que voltariam. *Tu que perdes! D'agora em diante, puta! Ouves?? Ouves?* E uma cuspidela após mijarem-lhe em cima. E, de súbito, silêncio. E, de súbito, um carro arrancando, mas nem lágrimas nem o diabo a sete que sozinha fica difícil criar uma cena, para alguns, chorar.

Nota: Adiante, viu seu garrafão flutuar sobre o colossal bloco de água e viu-se atada a ele, como chumbo, indo na corrente. Nesse momento, pronunciou-se a maresia.

# DE DEUS E DOS OUVINTES

*Se tiver a intenção de chamar para o estrangeiro, saiba que o valor lhe duplicará, triplicando entre as 9 e as 21. Em relação a feriados e fins-d... Okay, tudo b... Em todo o caso, devo informá-la que não nos responsabilizamos por quaisquer falhas ou cortes na ligação.*

Estava nos setentas, o rececionista prostrado por subir à memória e dela descer carregado de termos e condições. *Santa Maria, mãe de Deus! Um hotel de gabarito não se deveria sujeitar à requisição de suas tabelas. Uma puta não traz o preçário ao peito e não é por isso que...*

Os modos de frete eram-lhe consentidos, única e exclusivamente, pela ausência de supervisão. Quem herdara o negócio, aproveitara-o para financiar uma longa estada na neve, acabando dissolvido no imaginário de todos e, sem indicação em contrário, quase que por usucapião, viu-se o tempo outorgar o cargo de maior responsabilidade àquele que ali estava de início – o velho

defendia-se de ataque algum com a ameaça de redução salarial. Fazendo vez ao patrão, no seu caderninho, contava e descontava as falhas dos colegas e escondia, pelas páginas, os cheques sem recheio nem cobertura com os quais prometia aumentos. Se beneficiava? Nunca. Simples razão de postura. Comentava-se até que trabalhava para evitar o morto da reforma, sendo recorrente que, em jeitos de gozo, lhe perguntassem pelo merecido descanso. O troco era imediato e logo concordavam em odiá-lo com amor.

Em casa só podiam fazer-lhe ouvidos-moucos e a idade, em Itália, é um posto.

Numa região de empregos sazonais também se desencorajam avarias. É comer e calar e, no fundo, cuidavam em descodificar se a mesquinhez advinha das artrites ou do título. De coração que gostavam dele. Aliás, sempre se afastavam ao disparar jogos-de-palavras mais ou menos explosivos. Prezavam pela sua segurança. *Se pudesse, enxugava-lhe a espinha!*

*

Atrás do balcão, num *hall* que se assemelhava ao do Alla Scala, a busca pela lista-telefónica continuava. *Para mal dos meus pecados*

*há de estar na prateleira menos baixa...* E à procura dum escadote, achou uma esfregona.

Ela desesperava. Ele, sem pressas, no seu caminhar de pinguim, incomodava-se.

– Ei-la! Ei-la ali no acolá! – exclamou a quarentona, de dedo em riste, fazendo-o arregaçar as mangas do fraque, fazendo-o arregaçar as calças pelo joelho e, para seu destempero, fazendo-o ousar o assento da poltrona.

Em pontas, de traseiro virado a ela, prontificou-se a desequilibrar a lista com o cabo da esfregona, tombando-a de encontro ao tampo da secretária. Assim se levantou todo o pó. Ela espirrou, ele espirrou e uma série de cabelos escorregaram-lhe da nuca para o farfalhudo abraço dos irmãos, bem debaixo daqueles carburadores que apelidamos de "narinas". (Quiçá se dispusessem a regressar no verão..?)

Depois, com o lenço que guardava na lapela, limpou

o pó no verniz dos sapatos, varreu o suor da testa, puxou duma cadeira e sentou-se. O lenço foi devolvido à proveniência, o indicador embebeu-o como solução e uma busca pelas miudinhas abriu para uma tradução com os olhos a fugir do papel e a cabeça reclinada para trás. – Aponte, *signora*.

O ditado, às arrecuas, não teve direito a bis. É que as bochechas secas e sumidas, como se um vácuo as puxasse numa performance de ralo aberto à corrente de peles, dificultavam a missão já de si difícil devido ao atrofio das cordas no palito pescoço e à vista turva, própria dum sobrevivente da Primeira Grande Guerra.

A holandesa levou seus soluços para os lados duma tentativa de burla. *Ah e tal, compreendeu mal, signora. Mil perdões. Tentemos de novo*. E, atenta, foi digitando como tal não acontecia desde que ganhara um moderníssimo aparelho de comunicação, sem fios ou antena, a propósito dum sorteio ao qual recusara aderir.

Passo a explicar... O filho, que a acompanhava nas suas idas ao *shopping*, sem brincadeira senão a de rodar tômbolas, foi-lhe sacando os vales (que lhe iam sendo entregues a cada compra) e depositando-os à confiança. Pela quantidade, e seguindo a linha do raciocínio probabilístico, estava garantida a sua independência – era nisto que refletia ao aguardar de um dos lados da linha

uma conversa soldou-a ao auscultador:

– Do Vaticano, filho. Sei. Falo-te da chuva, do vento, do céu... Que me desejais?

Prosseguiu-se: – Ando receoso. O mundo está desajeitado. Tenho pedido e perdido por nós, sabeis, Deus meu.

Deverei prosseguir? Haverá prece que emende tamanhos erros? As reservas de São Pedro cobrirão nossos problemas? Se necessário, construiremos basílicas, sés-catedrais, santuários... Só diga...

– Meu filho, não duvidais das minhas iluminações.

– Intenciona-me, Pai do Céu.

– Verdade que tens sonhado?

– Tenho sim. Um terror. Medo, fome, sangue nas ruas, a terra de pantanas. Sonho dormente, acordo doente.

– Criei o Homem com validade.

– Como diz?

– Está na hora. Ouvide as trompas e caminhai na sua direção. Rezai pelos teus.

– Mas, e eu? Tenho redenção? Sou o mais adorado dos teus filhos...

*– sinal de interrupção de chamada –*

Fechou a porta à baba, limpou-se à manga, pousou o auricular com ambas e saiu revibrando o mármore com seus tacões em compasso duplo. Direção: elevador.

O servente chamou-o sem delongas amarrado à possibilidade de gorjeta

abriu as grades do contíguo e deixou que o sumo-pontífice desmontasse para o rés, mãos sobre o umbigo, terço benzendo o peito, olhar vazio. Dir-se-ia que estava nas nuvens?

*Disfarça*, pensou ela e descolou os óculos escuros da fronha, guardando-os atabalhoadamente na *birkin* de encomenda.

Quando se persignou, já ele havia desaparecido sem

deixar rasto, como se caminhasse sobre algodão, e: – Para onde, *signora*?

– Para o céu – o italiano *non vero*, com ar cigano e colónia francesa em traços de aprumo, gargalhou contidamente. – Prego! – ele, que segundos antes se havia deparado com uma figura que conhecia somente das transmissões televisivas em momentos de molhar o papo-seco no café da manhã, lá para os lados da Transilvânia, apreciara largamente *A cota*

*tem graça!* Talvez a displicência da resposta fosse somente resultado duma beata arrelampada por um encontro de terceiro grau. A verdade é que, em parte, tinha razão, mas também tinha obrigação de ser expedito e evitar julgamentos e *Xô pro quarto que se faz tarde*, despachando-a para o último dos andares sem um *passe-bem, boa-noite, até amanhã*.

# DO CAFÉ E DO UÍSQUE

A proibição é a artilharia do amor. Quando as regras se quebram, como quem diz: "quando a infantaria cai", e os conselhos de nada servem, como quem vê a cavalaria afogar-se, resta proibir. Quem ama proíbe. Quem proíbe teme. Só quem teme ama? Talvez, mas era assim que *maman* via as coisas. *Café? Non, jamais!* Que me fizesse mulher primeiro. Até lá, todo um cheiro para me desgrenhar o julgamento e me deixar tesa dos pés à cabeça.

Garanto-vos, por experiência, que sempre compensamos aquilo que nos é negado e, se passava os dias engendrando planos[1], certa madrugada, enfunada pela recusa de *maman* em partilhar o galão de seu lanche, mudei meu foco.

Tinha a embriaguez do *papá* como um estado de espírito, uma falha reparável nos domingos de missa, escapava-se à vida, seduzia-me e dei comigo a caminho

da cozinha, tirando partido dos dotes de geolocalização que o sonambulismo aprimorara, às escuras, surripiei uma colher[2] e deslizei dali para a sala, onde um banco foi um queixo à altura do bar e a perícia de cirurgiã, conquistada pela prática regular do *micado*, permitiu sacar a tampa

........................

1 Imaginem que inventei de abrir o portão aos cães para que *maman* desesperasse atrás deles, ganhando-me [sem sucesso (!)] no manual de instruções da máquina de *expressos*.

2 De café, veja-se a ironia.

de cristal, de uma das garrafas, evitando o gargalo (fosse detonar e acordar meio bairro?).

Desengatei a colher dos lábios, entornei a poção com cuidado e... Esperem... Estou a alongar-me, não? Desculpem. Adiante

nada mais enfrentei. Duma colherada, três e à quarta já me orientava pelas de sopa tal-qual xarope. Alguns centímetros para a frente, já maiorzita, abandonei esse sistema ao entender que podia gargalar sem que me inspecionassem o hálito.

– O Paizinho enfrasca-se cada noite pra pior. Não há jeitos de, *Mon Dieu* – a *maman* consternadíssima e eu abusando do bode expiatório. Que a situação se não podia replicar, dizia ela que ele esvaziava garrafa atrás de. Que tudo culpa dele. Que eu novamente *indisposée*. Que não saísse se me doía a cabeça. Que valia ficar e cuidar de mim. Que descansasse e que comesse e que que que... E o coitado nem tanto no vinho. Verdade que ao acordar o encontrava grogue, com o copo sobre o estômago. No entanto, à mão de. Já *maman*, parte do ano fora.

*

Aos poucos e muitos, as garrafas foram encolhendo e encolhendo, *maman* foi envelhecendo e eu totalmente penhorada

pelo álcool, deixei que as contas caíssem e se acumulassem, que nossos bens pouco a pouco se esfumassem, que nossa casa por tuta-e-meia e eu por fim solucionada a uma cama de ferro com vista para um pátio cinza, internada e sozinha, desgravitando sob a tristeza de não me ter presente no funeral de *papá*. Depois, foi-se *maman* e quão difícil nem um ramo? Meras papoilas do campo, uma qualquer coisa, *rien*.

Revoltada, jurei acatar as indicações dos médicos, tratar-me e sair. Queria também encontrar trabalho. Estava ciente dos meus trinta anos, envergonhada por ainda nada ter feito e recusava continuar a desonrar nosso nome.

Levei um ano a recuperar, outro a adaptar-me. Não ao emprego, diga-se: ao apartamento. Odiava o estrado e o colchão, odiava o polibã, o mobiliário e os cortinados. Odiava o senhorio. Contudo, estava no controlo da minha vida. Livre. Ademais, apaixonara-me, o que, em larga medida, atenuava as saudades da família.

Não atenuava, por outro lado, a urgência que sentia em reaver o seu património, de regressar às origens. Queria a casa para mim. Queria-me junto das raízes e, ao aperceber-me que tomava o trajeto mais distante para a fábrica apenas para passar à minha antiga porta, reuni toda a minha coragem, abeirei-me da entrada e espreitei.

Longe de mim intrometer-me na felicidade alheia (naquela felicidade óbvia: um cartão à janela procurando ajuda extra, uma trela esperando no tapete uma dúzia de balões rebentados, etecetera), mas acabei denunciada pelas crianças que apontaram meu rosto.

Um casal correu a tirar justificações e eu quase congelei. Tremendo entre desculpas, demorei a partilhar o que me levara ali. E entre mais desculpas, que entrasse (era bem-vinda) disseram-me eles que ficasse também para jantar e fiquei.

À mesa, soube levá-los numa viagem pelas histórias que guardo de cada divisão, de cada canto, esquina e natal e, eles, souberam encaixá-las sorrindo à possibilidade de regressar caso me sentisse nostálgica.

Despedi-me reforçando a ideia de que os subúrbios proporcionariam outra segurança às crianças. Lá, teriam a rua para brincar. Que a comunidade era próxima... A prerrogativa baralhou-os, percebi. E, durante a semana, ligaram. Estavam de olho noutra casa. Maior, acessível. Que os fosse visitar.

Passei de imediato no banco, pedi um empréstimo e mudei-me mal pude. Contudo, estavam em falta os quadros que *maman* escolhera a dedo, que tanto estimava (desfizera-se deles para pagar o meu internamento e quanto deve ter chorado... Não quero nem imaginar) e lembro-me de correr a cidade, de os procurar nas lojas de artigos usados, no lixo. Lembro-me, inclusivamente, de desistir ao cabo de uns meses, mas a casa ecoava sem eles como uma casa sem tapeçaria e resolvi arriscar na feirinha de domingo, onde não ia (odeio confusões).

Para meu espanto, sob uma tabuleta que lia: "démodées", os nossos quadros e toda a minha energia para os negociar. Podem imaginar que os trouxe, claro, com a promessa de os pagar a prestações, e recordo-me que, nessa mesma tarde, soube que seria promovida ao cargo que me confiaram até hoje

não bebo. Nem um copo. Nada senão um cafezito pela manhã, curto e sem açúcar, para que *maman*, esteja onde estiver, veja o quanto cresci.

Agora, perdoem-me, mas convém deixar-me de tretas. É que se volto a pousar a xícara e a abrir este livro, atraso-me e atrasar-me não posso. Há que adiantar o arroz e agradecer pelo filhote que me regressa para o almoço.

# DO MARISCO E DA MISÉRIA

O cabeçalho:
**MARÉ DE MARISCO NA NACIONAL**

Todos conhecemos a propensão da *nº1* para gerar o caos, mas não nestes termos. Nem os velhos lembram semelhante acontecimento.

Imaginem o que foi acordar para um estrondo capaz de fazer vibrar as fundações dum prédio. Claro está que decidi sustar o sono e levantar-me. Será a curiosidade irmã do medo?

Da janela, vi surgir uma avalancha de gente e, imediatamente, destaquei o casal meu senhorio (esse que diz representar o bairro e que na cidade se teria de contentar com a presidência do condomínio) descendo das alturas de seus narizes na ânsia de que por favorzinho os deixassem passar. *Qual a pressa?*

Depois, foi minha tia que vi, a pijama e robe, disparada à multidão. Meu tio seguiu-a e eu segui-o a ele, atrás dela. Fundamental era ter cuidado, uma vez que se começava a peregrinar sobre rodas e alguns pareciam fazer orelhas moucas a determinadas regras.

Hoje, estou seguro que os primeiros à meta se aproximaram da barreira, dilacerada pelo embate, preocupados em auscultar a ocorrência. Contudo, o stock esgotava-se e, com ele, nossa empatia. Já ali não havia notícia e a batalha pelas valiosas caixas de marisco impunha consideráveis desatenções.

As autoridades não intervinham, nem se dignavam a qualquer diligência para controle dos populares ou auxílio do sinistrado. Para quê? Devia estar morto, comentavam. *Bagageira cheia, meu tenente. Rebata os bancos, alma de Deus. Desperdício é crime!*

As ambulâncias cosiam caminho por entre as centenas, milhares (?), e ouviam-se na intenção de se asseverarem, o quanto antes, de que nada era consigo. *A Proteção Civil que venha quando se fizer dia. São pra lá de cento-e-cinquenta-e-tantos-metros. Ninguém tem asas. Pensando melhor, não precisam de. Que é das gruas para tamanho encargo?*

Talvez o rumor tivesse batido à porta doutras freguesias, pois a romaria exponenciava e a colheita parecia não querer estancar. Furtava-se quanto tanto. À mão-cheia, à pazada, consoante.

A guarda observava as escaramuças no clímax do km109, onde a curva da desgraça de um, era a felicidade de todos os outros. *Manel, traz o carro antes que descongele!* Povo de trabalho não é povo púdico e a procissão em honra de Nossa Senhora da Larica, que pobre come mal e bem se queixa, virava um "salve-se quem puder".

Pausa para análise preliminar:

As evidências apontam para que, uma vez no topo da serrania, o motorista tenha perfeito um dos cotovelos da estrada afundado nos pedais, derrapando os rodados e perdendo o controlo da regueifa. Há quem especule que, por momentos, tenha embargado a utilização dos olhos e não poderia estar mais de acordo. No entanto, é de ressalvar o fator nevoeiro e a falta de marcação da via. São subidas necessariamente táteis, cansativas, perigosas e quiçá se tenha fiado nas décadas (?) ao volante.

Conclusão: o TIR acabou serpenteando o trajeto, escovando telhados, cuspindo recheios e veio a estacar, somente, no fundo do vale, de patas para o ar. Sorte a de não ter levado outro qualquer consigo.

Recuperemos o início:

– Bala perdida? Acidente? Trovão? Que dianho vem a ser isto? – pensei eu com meus botões antes do relógio marcar cinco para as quatro e ouvir Ti Hermínia bater com os costados na esquina da cómoda.

Levantei-me, estremunhado, enquanto ela barafustava com o marido, meu tio. Subi o estore, ancorei nos vizinhos e, de súbito, vi minha tia diluir-se na maré. Os chinelos não me permitiram tração para, porém Ti Tónio patinou[1] em seu socorro.

Troquei de calçado, desci e minhoquei em busca de respostas. A rua estava impregnada do cheiro a sapateira, a percebes, a lagosta e a lagostim, a amêijoa, a berbigão e a mexilhão e camarão, enfim... Sei, agora, que cheirava a rico. Esta é a terra dos nacos e das postas e se nunca experimentaram, aconselho-vos, até porque se podem retirar grandes vantagens como a de não se reterem, pelas narinas, lembranças do mar e das férias que nunca tiveram.

Por este andar, entenderão, que fiz igual aos demais. Avancemos...

Durante a tarde, Ti Hermínia decidiu dar vazão ao que

........................

[1] Sobre o gelo que caíra do camião.

havíamos safado. A moda pegou e ouvi outras portadas escancararem aos odores de seus estrugidos. Se por um lado se evitava que as paredes se impregnassem com aquela gordurita (típica da preparação de tão característi-cas espécies marinhas), por outro, causava-se uma certa e indeterminada aguazita na boca dos contíguos.

– Que cheirinho leva o vento... – ironizava a tia.

Levou, todavia, as nossas carteiras. Na loja do Heitor, para exemplo, e logo ele que se deita com as galinhas, optou-se por um esquema de *open 24/7* [2] e a pronto, sem regateios, esvaziaram-se as prateleiras de seus martelos, tábuas e faqueiros. O último trem trouxe-o meu tio. No entanto, Ti Hermínia mandou devolvê-lo. *Não é a panela que faz o palato!* – gritou-lhe. E tinha razão. Quem faz o palato é o cozinheiro e, às sete em ponto, estávamos à mesa com uma mão na massa e a outra no telefone. *Que emborcas? Já molhaste o bico? Botaste especiarias?* A sapateira da vizinha é sempre melhor que a minha (?) e fui tirando nota das supostas iguarias. Vai na volta...

Conversa puxa conversa e a arca sem cerveja, o frigorífico já sem vinho e a comida a poder estragar-se. Restava o carrascão e o espumante que o tio havia guardado para o meu casamento. Não pensámos duas vezes e, quando demos por ela, era de manhã, havíamos faltado ao trabalho e estávamos doentes. Penso que a bebida aliada ao refogado nos levou a estas questões de fígado. Tivéssemos cedido a um *michelin* e, aí, testado os limites de nossos estômagos e, cá comigo e com Deus, teríamos ganho uns anos à cova.

........................

[2] Aberto 24 horas, 7 dias por semana.

Reparem que a tudo isto se somou o valor das chamadas, monitorizadas ao segundo pela telefónica, a conta da eletricidade e o corte no vencimento. É que não foi só essa manhã de baixa, foram três dias. A brincadeira saiu-nos cara... A nós e a todos os que se internaram por intoxicação e diarreias, aos que se envolveram nas inúmeras rixas de navalha, pau e caçadeira e aos que se acidentaram em colisões frontais, laterais e por aí fora.

De que nos queixamos? Pior ficou o motorista que num *voltfast* se safou por pé próprio, trepando a ravina tal chimpanzé, para ainda lhe fazerem pagar a carga e o conserto. Coitado...

# DO CAMELO E DOS CORDEIROS

## 1º: *O QUE NÃO TEM REMÉDIO, REMEDIADO ESTÁ**

Um deserto atado. Um oásis espremido. Tudo só chão. No dealbar do dia, alguém. Com sal sobre as mãos, alguém vinte-e-quatro, quarenta-e-oito, setenta-e-duas horas sem pregar olho. Haviam sido para lá de gerações. Séculos estudando estrelas e estações, prevendo secas e monções. Séculos livres de agonia. Hoje, os catos reprimem suas flores, as palmeiras enchupam-se num tronquito, os sapos fundem-se aos nenúfares. No escuso do mundo, ninguém reclama da míngua, mas do tempo, reclama-se, sem dúvida.

– Irmãos, vossa atenção... Não é altura para sentimentalismos. Sabeis que nada há a levar senão nossa dignidade. Se com o calor contamos, chuva nem vê-la. A lagoa que outrora nos umedecia a letra, foi encorrilhada pelas dunas. Os furos, esgotámo-los. Partiremos ao sol-pôr. Dando certo, o velho alcaide de *Alalibat* receber-nos-á dentro de três dias. Receio, apenas, que a água nos falte pelo caminho, mas que Alá nos reze!

O camelo, entre o rebanho, bamboleou a cabeça, torceu o focinho, impaciente por aliviar sua palavra, e desconfiou da prédica assim: – Jura-nos verdade? – (a imprecação causou burburinho.) – Percebei que não teremos onde nos abrigar. Eu sou forte...

– Que nos serve rogar pragas? – indagou o pastor saltando do tamborete. – Só a união vale. Conto com todos e qualquer um!

## 2°: *A MELHOR DEFESA É O ATAQUE**

A decisão assentou com o progresso dos trabalhos. Como uvas que se pisam, bateu-se a terra (devo dizer: "areia"?) na esperança de encontrar alguma canalização por mungir.

Enquanto uns auscultavam o terreno, outros desmantelavam o acampamento, reduzindo-o a encavalitagens. – Nada fica – ordenara o pastor, espalhado pelas páginas do manual *Normas e Regulamentos para uma Retirada Eficiente*, compilado pelos seus antepassados aquando a sua própria deserção.

Matérias como a "Distribuição equitativa de mantimentos", a "Manutenção dos aparelhos de orientação" ou a "Gestão de conflitos" eram abordadas em detalhe, valendo-se de exemplos concretos. Contudo, seiscentas páginas são seiscentas páginas e o último bago de luz consumia-se a todo o gás. *Lição n°1: recitar o manual de cabeça antes de o por à prova*. E tempo?

Num ápice, restava uma tenda. Era a do pastor que ao mandar desmontá-la espetou o semblante no céu. Sua tristeza apanhara-lhe então as feições, mas não conseguira dominar-lhe os gestos e, sem preâmbulos, bussolou a marcha de um camelo e dúzias de cordeiros dali embora.

Da primeira hora ninguém se lembra. Da segunda, idem. O que dizer do primeiro dia?

O frio não se entrosara com as lãs e o calor pouco assustara os que bebiam. Um terço do caminho havia sido percorrido sem percalços. Zero para nenhuma víbora os desorientara, zero para nenhum falcão se despenhara sobre o comboio. A missão parecia simplificar-se. Seria apenas uma frente por calcar? Calcar como quem diz, visto que o pastor percorria o destino exalçado no camelo, numa padiola improvisada sobre a gualdrapa, dado que selas não as havia.

Desse alto altar, orientava a caravana rodeando-se das vozes de seus sagrados livros de capas de madeira e folhas de vitela costuradas a linhas de ouro. Se os lia, lia para inspirar. *Distrair*, quero dizer, pois as quezílias que o camelo inventava, ao julgar os cordeiros, tudo atrasavam e atrasos não podiam.

No auge da pujança, deslembrava recorrentemente quem o ajudara e a quem de direito devia obediência. Por tal razão, fora relembrado que teria de procurar outras bandas caso recusasse ser aparelhado da seguinte forma: um conjunto de monóculos, cachimbos e ampulhetas atados às orelhas, tapeçarias amarradas aos costados e uma gaiola pendurada pelo pescoço, igualando em aspeto um antiquário e em melodia um espanta-espíritos.

Esses preparos, não só o ridicularizavam, como o levavam a concluir que era vítima de abusos. *Atente-se aos irmãos... Não valem a lã que carregam. Nem carregam absolutamente mais nada. Não opinam nem protestam. Se queimam os cascos no reflexo do meio-dia, nem uma amostra de sacrilégio, nem um esgar de dívida. Vendidos. Eu vossa vítima...* – (este solilóquio rebatia as leituras em voz-alta desde o acampamento.)

*

Recuperemos o pico da segunda manhã quando o pastor partilhara a última gota, guardada num recipiente de marfim junto ao coração, com o cordeiro-mor.

A atitude degeneraria numa altercação. – Prometera usá-la em recurso nenhum. No entanto, o recurso. Não se alimentam os fracos, meu senhor. Esse mal se aguenta, que vai fazer por nós? Reparai no seu bandulho. É quem mais enche a mula. Ademais, estamos constantemente à sua espera. Corte-lhe ao menos a lã a ver se as pernas lhe respondem. – à última deixa, o camelo assomou uma casquinada histérica e conclui com: – Quem vos guiará se desfalecer? Há dois dias que não bebo gota...

– Deixa-te de questiúnculas – respingou o pastor em voz alta. (A retórica fê-la ao ouvido.)

O camelo, que dera com o acampamento desesperado por pasto, sentia-se o elo forte da caravana, o segundo para capitão, blasonando suas bossas hirtas e seus dois metros e trintas.

Justiça lhe seja feita, de madrugada arreigava o queixo como torre de vigia, amparava durante o calor, com sua sombra, os mais frágeis e *Quem o carrega, senhor? Quem leva sua casa às costas e seus bens-mais-que-preciosos?* – soltou com os botões que não tinha.

– Tem graça que não te calas... Essa lábia conheço-a eu. De ginjeira – e sem mais nem porquês, baloiçou-se fora do assento, largou o cabresto à sua vontade e seguiu a pé, claro.

O camelo, confuso, não os abandonou e, ao cabo dalguns quilómetros, ouviu do pastor: – Não ides, seu trampolineiro? Agora não ides? Que nos queres? Desembucha!

Não desembuchou e o pastor contornou-o para *pumbas!*, chulipando-lhe as nádegas com a força de um braço sulcado por seus ideais. *É disto que queres? Vê se te espertas!*

*Camelo, se camelo, sempre desdenha do cordeiro*, soltou o

pastor, ao regressar ao posto, com os botões que tinha. *Toca a andar! Perdemos que chegue.*

3º: *PAU QUE NASCE TORTO, TARDE OU NUNCA SE ENDIREITA**

E eles, velados pelo sono, continuavam a moer caminho na impotência de quem marcha direto à notícia, sem por onde se desviar, sem porque regressar, sem abrigo. Pode dizer-se que caminhavam por caminhar, em requebros, desmoralizados. A horríssona tempestade parecia mobilizar-se para os devorar?

Antes do alerta: "ao fundo, um cendal de névoa em contramão.", já o vento intencionava despir as dunas, já as colinas chiavam num ribombar de areia em erupção. *Uma vez levantada, eterna enquanto dura*, garantiam os velhos. (esta, a estória dum pastor e do seu rebanho refém duma natureza desafinada.)

Não demoraria para que o camelo, sem prévio, numa manobra pérfida, se voltasse e iniciasse a desferir coices violentos. *Acalma-te, seu malnascido!* Não, não estava para isso. Estava para se livrar da carga e livrou, fugindo em busca doutras chances.

Pouco depois, tudo estalava sobre eles, cobrindo-os de detrito e impedindo-os de reencontrar o fôlego, quase respirar. Restava cerrar os olhos e morrer?

– Está prestes a engolir-nos! – gritou o pastor que ainda experimentou sacar do breviário e engrolar algumas preces, mas logo a correnteza lhe embaralhou os dedos e lho arrancou das mãos. *Que nos seja leve!*

4º e Último: *A JUSTIÇA DIVINA TARDE, MAS NÃO FALHA**

– A minha cabeça... Ai a minh... Tanta luz. Fechem a tenda! – o pastor acordara papado. Suas negras não seriam da queda, sim do peso. *Saiam!*

Os cordeiros haviam-no rodeado para o proteger, alapando-se na sua coluna e enfiando o focinho e as patas onde não podiam. Quando deu conta de si, metade já lá não estava. Era ao longe que, alegremente, baliam.

Ergueu-se a custo e verificou a presença de cada membro. Anediou a barba com uma mão enquanto a outra se ocupava de coçar as vistas. Focou-as. Retirou o *shemagh*[1] grossíssimo e mancou de encontro.

Bebiam à fartazana. Teria a tempestade aberto um poço? Teria até que chovido? Não?

Completamente descompleto, lá estava seu ex-camelo. Morto. E não mancou, correu a enxotar os cordeiros num desespero baralhado. Perdera um amigo? Seria ele o irresponsável? (Engraçado como o corpo nos prega determinadas partidas. Se a garganta se encontrava mais árida que o próprio deserto, que era isso de regar os olhos?)

Amofinado de angústia, ajoelhou junto da lagoa, restando-lhe apenas as forças necessárias à matematização da ventura. *Perdera um amigo? Seria ele o irresponsável?* Até que ouviu um clique. Olhou em volta. Procurou a origem

........................

* Adágios populares

[1] O *shemagh* (lenço tradicional) evitava que a barba lhe pegasse fogo e que a pele gretasse até ao osso – insolações e queimaduras eram comuns, mas fora palestrado a levar a vida pelo seguro e *Não vá o diabo tecê-las*, coseu um ao segundo. Era com essa humildade que contornava as contrariedades.

e nada. Nada. Vinha de dentro. Do centro da sua cabeça. *Afinal, a água que faltava em armazém...*

Foi aí que se debruçou e, num gole, tomou os litros em falta. *Requiescat in pace*[2], proferiu ao sacar os damascos da algibeira.

.........................

2 Disse-o numa língua que lhe não era materna e que eu, claramente, não domino. Julgo, no entanto, significar: "Descansa em paz."

# DO APRENDIZ E DA SABIDA

Quando destacou o palacete, no meio da vegetação, eram quase dez horas, o que equivale a dizer que o sol ia já baixo. Porém, estava ainda quente e talvez sobrasse algum tempo para contemplar a paisagem. (Não que lhe fosse estranha, mas nunca ali havia estado e sempre retirara tranquilidades do canto das cigarras.) Por isso, parou. Parou a ouvi-las no exato momento em que o vale explodiu laranja (era a última luz antes da noite, a forma que o sol arranjara de se despedir do mundo) e não podia especar sob pena de caminhar no escuro, quiçá atrasar-se.

Regressou, portanto, ao trilho e, à medida que por ele foi descendo, reparou na coreografia dos morcegos, sorriu ao chamamento das corujas e atreveu-se a decifrar o cheiro de cada planta verde. Aquele era o seu sonho – viver inteiro no meio da mata, com ele mesmo, e era nessa página que se encontrava

à chegada, seguiu o protoloco e bateu três vezes, mas ninguém respondeu. Então, aproveitou para ajustar o caderno sob a axila, prender a caneta no colete e mascarar o sorriso – há que mostrar os dentes, mas não demasiado. Cordial sim, oferecido nada. O interesse era seu, o disfarce também.

Voltou a bater três vezes e voltou a esperar. Dentro em pouco arrefeceria e tinha plena consciência de que lhe restava apenas uma de duas hipóteses: ou aguardava mais um pouco ou arriscava o manípulo. Diante disso, numa espécie de referendo consigo próprio, iniciou a contagem dos votos que lhe iam sendo confiados por ordem de raciocínio.

Ao cabo de minutos, e depois de os rever múltiplas vezes, a conclusão: era de arriscar, claro. Que perderia? No pior dos cenários seria corrido. A pontapé? Não... Não tinha tanto com que se preocupar. A porta não ofereceria resistências. Por alguma razão bastava abri-la e abriu-a nos melhores modos de jornalista – esses que se não importam com a reunião de elementos potencialmente favoráveis à prática do sensacionalismo. Vinha para absorver, não para relatar. Queria retirar ilações, guardá-las nas linhas do caderno. Seria um estudioso à paisana?

A desculpa: completar a coluna semanal dedicada às letras. Jornalista a centos por cento que fantasiava sua própria imagem para se parecer menos com um artista e mais com um ativo de uma grande empresa, de uma qualquer corporação internacional, com patrão e tudo.

*

Ouviu passos. Senão passos. Seria anúncio? Estranhou e avançou no *hall*. À terceira porta, uma sombra parecia fixá-lo desde o soalho. Convidava-o?

Foi atrás e deu com a dita estirada na poltrona com seu robe de sedas japonesas desenrolando novelos de fumo, sorvendo a cigarrilha, catalogando-lhe o vestuário de cima abaixo lendo-lhe as marcas de guerra, ela pronta, à sua frente, sem criados por perto, sem o que a casa sugeria por fora, ela figura doutros tempos, com a sua maquilhagem no ponto, sentindo a brisa correr pelas frinchas das janelas. Ela só. E ele diante dela, da maior escritora viva, com plenas noções de que, por defeito, um escritor é um observador nato e que, provavelmente, já o teria topado. Seu desconforto não poderia ser o de um jornalista treinado. Não vinha à procura de notícia. Seria apenas um fã perante um ídolo. Alguém preso àquela sua imagem de semideusa muito séria e sabida. Alguém que ficara definitivamente do lado de lá da chamada. Alguém que se esquecera da desculpa que dera. Para que Diário trabalhava? De que terra vinha? E os joelhos que lhe tremiam? Como lhe tremiam... Estavam a matá-lo, mas só aceitaria rolar para o sofá se convidado. Por agora, mantinha-se em sentido, sem perder a compostura e, ela, bem refastelada, sem formalizar uma única desculpa, um convite que fosse, algo que lhe permitisse entrar a conversar, sem interagir, mantinha-se na sua, fumando.

Assim se queimariam dez, trinta minutos (?), entre silêncio absoluto, dúvidas existenciais e um rabo que se enroscara insuspeito nos tornozelos dum estranho. Como? Um rabo numa de lhe pedir carinhos? Com torrinhas e *miaus!*?

Óbvio que seria incapaz de lhe resistir e pegou-lhe, sentando-se com ele ao colo. Refletiu sobre isso. Isso de não haver pedido as devidas licenças para se sentar, mas era tarde e valia usá-lo para orientar a primeira ronda de perguntas. Foi deste modo, virado ao bichano, que lhe soube entrar um palmo no coração e fazê-la desembrulhar a voz. (Finalmente!)

Que era o seu infante de quatro patas, dizia, "o filho exclusivo". Que dependiam um do outro e que o adotara ao encontrá-lo na cozinha preso pelo pescoço a um frasco de *Marias*. Que tivera de o quebrar cuidadosamente para que se não assustasse. Que por essa razão a sua cabeça ganhara aquele feitiozito de fundo de vasilhame. Que seu rosto se desarestara circular e que ficara com certas relutâncias em meter o nariz onde não é chamado. Que, rebobinando, nunca soubera como entrara em casa, mas que jurara jamais deixá-lo fugir.

Ela, cujo nome desconheço e que ele se impedia de pronunciar, gargalhou estas e outras memórias antes de recomendar que despisse a sua jaqueta, o seu colete e se entornasse no sofá. Que inclusivamente tomasse uma bebida. Que se servisse às vontades. Que se pusesse em casa. E ele acatou as sugestões sem imaginar que passaria a madrugada a responder às suas perguntas e às suas perguntas somente. Logo ele que se deslocara ali com todo o propósito de desvendar os segredos para um grande romance e nem uma curiosidade conseguira colocar sobre a mesa. Total objeto de estudo, alvo duma investigação profunda, freudiana, vira o feitiço virar-se ao feiticeiro? Ex.ª Senhora procurava farinha para amassar em conto. (O escritor é esse padeiro que faz seu pão na esteira da vida, que fermenta seus textos na base das oportunidades que lhe são apresentadas. Um quase ladrão com uma eternidade de perdões?) Procurava também o próximo *bestseller* que nasceria baseado nesta estória.

Nota: Haveria de correr um ano para que ela ligasse a perguntar pela peça, pela tão interessante entrevista. *Cadê ela? Hum?* Falava sozinha? Não estranhou. Na verdade, estava até à espera e não se conteve em largar o típico set de gargalhadas, deixando-o pendurado num *pi-pi-pi* prolongado.

# OS SETE HOMENS

ao amigo Frank Schmidt

Ia-se no passeio, com um amigo pelo lado, quando alguém pôs termo ao jogo. Eram três copos ombro a ombro. Três copos invertidos numa mesinha de campismo. Entre um artista e um crente vidrado no malabarismo, *Repare nas mãos! Repare bem, senhor!*, uma esfera que se escondia ora à esquerda ora à direita e que, neste caso, acabara ao centro. *Que estocada!*

Coitado... Tão afogado nos bolsos. Tão de cabecinha enterrada na areia à espera que lhe chovesse uma solução. Chover-lhe-ia, ao invés, uma notificação. E, para tal indiferente cobrança, uma resposta: espanto na forma tentada duma mão sobre as vistas. Se não se vê, não existe e, se não existe, é porque *Tudo não passa dum sonho mau. Tudo não passa dum sonho. Tudo não passa.* Passa? Infelizmente, a dívida estava aí e, sem volta a dar-lhe, seria obrigado a apresentar os recursos necessários ao seu abate, de a saldar[1] enquanto negava nova batota. *É que falta pouco para a hora de jantar e a minha mulher...*

Julgo ser mais fácil esquecer quando se fica por cima e o espertalhaço fez-se rodear duma convicção: libertara-se por sua conta e risco, autonomamente, porque quis. Quanta estupidez ignorar que lhe desataram o olhar ao secar da

1 Vi-o a coçar o anelar.

fonte. Qualquer presa, se regurgitada, reconheceria o perigo da brincadeira. Ele não. De carne em papa, agradeceu (cedendo a mão com a dignidade [(im)possível] e prometeu desforra.

Sejamos francos: quantos de nós garantiram vencer jogo semelhante? Pior: quantos de nós caíram na esparrela? Primeiro, culpa-se a desatenção. A seguir, atrelamo-nos à casmurrice, *Eu consigo!*, e não há forma de estancar um anzol fazendo o seu trabalho, há? Pescam-nos a desnorteio e, de peito-feito, continuamos: *Hei de conseguir! Hei de sim!* Quanto mais se teima: *Tenho de conseguir!*, mais as ideias se precipitam e menos se escapa. O desfecho é idêntico para todos. Para o indiano não seria diferente. Era apenas um homem. Um homem longe daquela destreza. Outro que não voltaria a engolir ilusionismos. Ou talvez engolisse, numa *promenade* dominada pelos gestos tontos de álcool e calor, mas não assim.

*

Por esta altura, só eu marcava a caminhada. O meu amigo estacara. Penso que tenha ficado a observar os copos, retirando quiçá apontamentos visuais, intrigado. Penso, ainda, que tenha sorrido, pois sempre sorria à novidade.

Lógico que veriam nele uma presa fácil. A lengalenga era-lhe estranha, não conhecia os rumores do *Perde dinheiro quem não acompanha. Acha-se capaz?* Todavia, confiava no seu julgamento e continuei fiel ao meu jogo de ancas. Não estaquei, portanto. Nem acelerei até me aparecer um tipo vestido de palhaço. – Gostaria de ouvir uma anedota, cavalheiro?

– Não, não estou para comédias – disse-lhe, enxotando-o para canto com um "muito obrigado". O meu amigo, por outro lado, continuava a sorrir[2]. (Juro-vos que nunca conheci um indivíduo com tamanha apetência para retrato, busto ou político. É que nem sinal de cãibras. Isto são magias que geralmente se aprendem...)

Cinquenta metros separavam-nos, numa diferença que estava prestes a encurtar-se mal, ele, decidisse cortar a conversa e desatasse na minha direção todo afinado, na cabeça do cortejo, com um indiano tagarelando-lhe alto, um ilusionista apelando-lhe ao coração e eu à sua espera, de mãos nos bolsos, com um palhaço à perna, de anedota pendurada, fazendo-se ao meu braço com o motor do riso a plenos vapores. – E de jogar à malha, gosta? É apreciador?

*– Eu? Xô!*

*Está-se a ver que hoje temos escolta*, desabafei de mim para mim no instante em que nos alcançaram e um quarto tipo se atravessou diante de nós, com ar de poucos amigos, pedindo informações. Como entenderão, não reagi, mas o meu amigo, inocente, encolheu os ombros e, sem perder o chá, ressalvou: – Não sou de cá... – não seria, dado que falava um inglês cheio de Inglaterra. Porém, por não saber fechar a matraca (!), levámos com infinitos pedidos de certezas que não tínhamos nem sabíamos se *xxx* acontecia em *yyy* quando era *zzz*. Levámos, também, com a pança daquele diabo embalançando-se à nossa frente, com seu casaco de cabedal negro pelo rabo, corte à *Matrix* anos 2000 e botona a rebentar pelas costuras numa de conservar

........................

2 Presumo, uma vez que estava de costas.

as carnes entre as suas paredes. Que personagem...

Pouco depois, senti a avenida inclinar-se ao ponto de estagnarmos. A trupe conhecia-se. Impossível a coincidência de, por detrás da besta, se diferenciar outro com a desculpa clássica do: *Tem lume, nobre senhor?*

– Não tenho não, nem fumo...

– Faz bem – faço bem? Que autossabotagem... (As palavras ainda lhe escorregavam da língua e já lhe notava o arrependimento. Se tinha ar de quem conhecia os malefícios do tabaco e o seu efeito num estômago vazio, o hálito provava-o.) Humilhava-se a ver se colaria?

Não colou e o gordo afastou-o com uma lamparina que por pouco não me acertou em cheio. Isto, pude eu testemunhar em câmara-lenta, ao passar-me de raspão, antes de fazer tombar o outro de chapuz no chão.

O meu amigo indignou-se. Baixou-se. Pediu-lhe mil desculpas, sem culpas algumas, e deu-lhe lume. Foi então que começaram os problemas. Ele sobrara para quatro e eu para a besta sedenta de indicações. – Anda embora, pá – gritei-lhe. No entanto, quando quis vir, chegou-se-lhe um sexto pelas costas, pegou-lhe nas mãos e começou a rodopiá-lo como fazem as crianças no recreio. Braços cruzados, dedos entrelaçados, *going 'round going 'round*, com os pés juntos, inclinados a quarenta-e-cinco graus, *going 'round going 'rou...*

Estatelaram-se, não é verdade? E foi de imediato que surgiu um médico de estetoscópio ao peito pedindo calmas. – Parecem dois adolescentes...

– Sabe ou não sabe onde fica o Café Trindade?

Os que rodeavam o meu amigo, e que se riam tresloucadamente com a suposta brincadeira, vieram ter comigo, montaram a mesa e os bancos, atravessaram os copos e indicaram-me que iniciasse a partida. *Que não*. Porém, o gordo aconselhou-me a... Porventura acabasse também à roda?

Sentei-me e ao sentar-me julgo ter perdido o próprio jogo, deixara-me vencer. Recordo-me de olhar o meu amigo encostado ao tronco, de testa aberta, aceitando a ajuda do suposto clínico e de contar os homens que nos rodeavam na subida para o centro. Só nos valia o bafo que se enrolava nos nossos cachecóis. Estava frio e sentia o corpo rijo como pedra – daquelas que se batem de alto por uma cascata, sem por onde escapar. A nós, só a terra abaixo.

## AS SETE MULHERES

Para que acontecesse, as sete, teriam de anular todo o espaço entre o conforto de seus lares e a imprudência de um largo deserto. Foi o que fizeram.

À hora, dispensavam-se protocolos. Assim que a cabecilha desmontasse do cruzeiro e, num gesto, inaugurasse as hostes, estava lançado o mote à marcha. (Entenda-se que esse gesto representava a partida para "algures de lá" e partiriam como chegaram – em silêncio.)

O sol escalava já o dia, mas a aldeia permanecia sob o domínio da noite. Um vale sempre recebe a manhã por último, não? De maneira que o caminho se tomava de memória, a tato, por entre a erva seca e um céu lavado que lhes dava a sensação de estarem do lado do destino. Cumpri-lo era sua missão? Iam para matar e cada uma empenhava um método e um motivo.

A matriarca, que conduzia as tropas, seria, porventura, a única a justificar tal empreitada. Porém, antes de encetarmos o relato, para vosso espanto, fica aqui disposto (em ordem crescente de perigosidade) o arsenal angariado para a lide: uma corda, uma faca de serra, um cutelo, uma foice, uma pressão-de-ar, uma motosserra e os punhos duma mãe em defesa dos próprios.

Comecemos pela mais nova.

Se a vissem toda lambuzada, não hesitariam em proclamá-la inocente. Fosse verdade e dispensar-vos-ia aos factos, mas acontece que ao abrir o pão do pequeno-almoço, se sentiria de mãos na massa, descosendo a garganta daquele que vos falarei adiante. Talvez por isso tenha saído de imediato, sem limpar o rosto, sem trancar a torrada no estômago, sem que alguém tomasse nota, de roupão e faca resquiciada de centeio.

Reza que se perdera com ele faz meses e nem pedido de namoro nem ideias de. Nos aquipracolás, foi encontrá-lo em cima doutra. Essoutra, de jeitos brutamontes, amestrada a projetos de descendência e promessas dum lagar ganho por carta, viu nele um salvador, alguém que a scanarizava para além das faces. Que viu realmente nela? Quiçá a caça.

Ambas haviam aceitado a convocatória como quem experimenta drogas: *talvez seja bom, talvez seja até indispensável.* Contudo, divergiam na atitude. Enquanto uma sonhava com uma morte limpa, a outra, sorria para a corda com que o iria enforcar, buscava espetáculo. Iam para matar e cada uma empenhava um método e um motivo.

Falemos da do cutelo e da da foice.

Estes, marcariam a ocasião em que as gêmeas, pela primeira vez, executariam uma tarefa de maneiras descoincidentes por via de não terem achado cortantes semelhantes. Houve até zaragata. Para qual levar o quê? À melhor de três, *Pedra-papel-tesoura...*

Uma foice seria mais simbólica?

Sabia-se que as miúdas tinham salvado animais do seu leito de morte ao arriscarem retirá-los de venenosos poços. De fora, jurava-se a sua boa índole, que pastavam e só dormiam. Nunca ninguém lhes devera um palavrão, ouvido delas uma palavra menos boa, uma palavra que fosse, um *olá!*, pois comunicavam por telepatia. Todavia, ainda há pouco, disfarçavam caretas e impropérios moucos à pequena do grupo. Se provara do doce por último, que imagem teriam perante a assembleia? Além de magríssima de vida e veias. Que podia para..? Bastava-lhes a concorrência interna. Qual das duas havia nascido primeiro? Qual menos apetitosa? Por que prestou ele irregular atenção em..? Iam pela curiosidade de sujar as mãos. Nasceram vorazes e aventurosas – daquelas que se arriscam pelas íngremes colinas de ervas tenras, recusando morrer estúpidas. O sujeito não era flor que, mas, na sua lógica, jamais o recusariam. O problema era o pai que tão cedo menos tarde... Porém, quem se chegaria na condenação de tão singelo par? As únicas que a aldeia fotocopiara.

Surpreendeu-as, no entanto, a desconfiança da obreira do arraial que, sem nada supostamente saber, as questionou de baixinho, na feira, fazendo-as verter uma inusitada lágrima de volume próximo. Conclusão: o diabo pegara-lhes ao colo. E estava na hora de se juntarem à festa e correram a cozer os pãezinhos que levariam nos bolsos, para que quando a façanha se concretizasse e a fome as chamasse à parte, as pudesse parabenizar de barriga cheia. Iam para matar e cada uma empenhava um método e um motivo.

Vez da matriarca que as vira nascer.

A cabeça do grupo, pera-amarga, coração-duro, carregava revolta de mãe. Vingava suas filhas. Se havia sido conivente com a traição da cunhada e se lhe era indiferente fazer pesar a cabeça ao marido, não perdoaria a sedução das crias.

Fora que ao falar-lhe nelas, lhe ouvira trepidar o coração e, sem outra hipótese senão a de se virar para dentro e descodificar a arritmia, acabou compreendendo o que não queria. Nesse momento, traçou-lhe o futuro sobre o peito. Não por si, evidentemente, mas pela sua honra, usando-as como desculpa, uma vez que o marido andava desconfiado e aquele pedaço de mau caminho já teria dado o que tinha.

Agora, à frente do grupo, humedecia os dedos nas memórias, terminaria a ventura. Ia para matar e empenhava um método e um motivo.

Resta a motosserra e, claro está, a pressão-de-ar – essa espécie de espingarda que não mata, mas mói. (Relembrem que a matriarca carregava o peso da justiça nos punhos, a criança, a faca de serra do pequeno-almoço, a segunda pra velha, quase monolítica, uma corda e as gêmeas um cutelo e uma foice.)

Vamos à pressão-de-ar... Era pertença dos senhores da aldeia, parte da sua coleção privada e, aquela que lhes governava a casa, há muitos e picos anos, encontrara-a carregada. Hoje, mal podia com ela.

Plena de rugas e varizes, estava próxima da vozinha que imaginam. De qualquer forma, peço-vos que a lembrem como capaz, despachada e forte de braços. Típica mulher de trabalho, recatada, de negro, meias sobre meias estrangulando os pés inchados e tamancos largos. Peço-vos também que não a julgais. Todo o bicho tem direito a desalinho e, este, vira no moço a juventude tardia. Imaginem-na saindo de casa às escondidas, como adolescente, desculpada com o gado prenho, carregada das sobras do jantar, sonhando com a robustez de seus dedos partindo o farnel que enrolara em paninhos de linho, saciando-o, restabelecendo-o até que ele a ergueria a peso, a embalaria numa valsinha lenta e a pousaria nas palhas. Depois, só daria por si ao acordar com a farda babada, vincada das costas e pronta a despedir-se de língua (frete que ele não recusava nunca, asseverando-lhe que o amor havia sido tão inesquecível que não trazia consigo forças bastantes para o rever).

Este romance teve início na manhã em que ele se abeirou da janela da sua cozinha (da sua não, da dos senhores da aldeia) e a untou de floreados elogios acerca dos odores que supostamente haviam igualado aqueles dos melhores restaurantes da capital. O clima instalara-se aí, rapidamente alicerçado na entreajuda e na confiança. Uma simbiose baseada em migalhas de amor e que a fazia regressar com capricho.

Foquemo-nos na da motosserra.

Nunca uma mulher havia empenhado tão peculiar objeto e... Como o poria a trabalhar? Pior: como o desligaria? Se requer ambas as mãos... Por que carnes convinha começar? Se lhe fosse ao pescoço, ele não sofreria, todavia se divertiria pouco... Por outro lado, se o dividisse, talvez ele encontrasse o vagar necessário para lha tirar das mãos. Valia avaliar os prós dos contras e, cá pra nós que ninguém nos ouve, está mais que apresentada a duvidosa do bando. Essa que em jejum (não por receio de que com os nervos pudesse bolsar o pequeno-almoço, mas por falta de tempo devido à indecisão do que preparar) se atrasara, acabando por chegar em último com um chinelo num pé e uma sandália no outro. Sorte que as colegas nem reclamar nem rir. A ocasião não estava para esse tipo de reprimendas ou galhofas, o que a convenceu de que não tinham reparado e, ao cabo de metros, baralhada dos tornozelos, dorida, pôs em questão a direção que levavam. Não a direção geográfica, mas a da consciência. As outras mal se perdiam. Iam para matar e cada uma empenhava um método e um motivo.

*

Ali pernoitava o dito. Ali mesmo, naquele palheirito abandonado.

Sob as glicínias, que cobriam o carreiro que dava para a porta, terminava agora a noite e a matriarca sussurrava-lhes uma fila para que se reorganizassem indianamente. Entre a intenção e a consequência, puxava-as a todas para dentro do destino

sem campainha e sem vontade de o acordar, seria a surpresa uma cereja?

(Tomemos um segundo para refletir na sorte desse maganão que dormira com meia aldeia. Sim, porque a outra metade era homem e ninguém no seu interior se exteriorizava.)

No barraco, ele tão sereno, tão angelical, tão aconchegadinho no feno. À sua frente, o braseiro. Dormia. Sobre o braseiro, a cozinha: uma só panela de ferro. Parecia sonhar. Nisso, concordavam. À sua direita, a um canto, uma pia ligada a um engenhoso sistema de canalização que recuperava água ao rio e um balde sebado, que as sete faziam por ignorar, coberto de palha e cinza. Chamava-lhe “retrete”.

Afinal, com quem sonhava o desgraçado?

A questão atingiu-as por igual, mas foi a vozinha a chegar-se à frente em primeiro. Logo a brutamontes a seguiu. Alguém teria de iniciar o rito. Sozinha não seria capaz de imobilizá-lo com suas cordas e as gémeas, à distância, apenas sorriam (uma, para consigo, apostava quantas barbas poderia uma foice cortar ao milho.), a novinha, tremia que nem varas verdes e a matriarca calculava, calada, a melhor estratégia que, segundo ela, passava por afastar a velha e repescar a indecisa. A motosserra era sem dúvida a maneira mais prática de... E vai uma, vão duas... Que rosnido! Que ensurdecedor! Que bafo a gasolina mal queimada. Que pau bem-mandado!

As gémeas cobriram com as palmas os ouvidos. A criança, diante daquela visão, deixou cair a faca no chão e sentiu a velha piripaquear (com o susto?) e cair, ela própria, num soluço sobre a palha. A organizadora parou para fazer contas à vida. A aldeia iria acordar com tamanho ruído? Que se desligasse a máquina! *Desliga-a!*

Que a desligasse? É fácil falar... Aquela serra era como que um *rottweiler* entusiasmado numa trela laça. A dona iria de reboque e calhou de cair sobre o "ainda vivo" que acabava de abrir um olho e largar um *Han?* acompanhado de um *Au!* O bisturi em esteroides não lhe daria hipóteses de defesa, decepando-lhe sem prévio o pulso e parte do cotovelo. A mão, lançada para longe, morta, foi bater naquela porta junto à entrada e, desta feita, não um *Au!*, mas um berro lacerante que fez com que a vaca o igualasse no mugido e coiceasse o prostíbulo na intenção de o vir ajudar ou, sabe Deus, fugir. Mais... Para que ele não reagisse, a destravada, foi-lhe ao joelho, a sangue-frio, sem pestanejar.

Nem parecia a mesma, digam.

(Outro berro abriu-lhe o segundo olho à carnificina.)

A velha continuava redonda no desmaio. As gémeas haviam voltado as costas ao desafio. A outra, com a faca de novo nas mãos, beijava-lhe o cabo num gesto pouco católico. A segunda para velha, lembrando um cachalote fora de água, correu a passar-lhe corda pelo pescoço. O desafortunado começava a escorrer-se para fora dele.

*É. Já teve que chegue. Que vá na paz do Senhor...*

Não foi e, em transe, levantou-se, ganhou rédeas à moto, desligou-a, retirou a corda em torno do pescoço, deu um chapo na velha, pontapeou as gêmeas e a miúda-garota, mandou-as para a "...que as pariu" e voltou a colapsar indisposto. (Ficam a saber, para que não digam que não sou vosso amigo, que as três se safaram. Talvez o episódio fosse macabro demais para se pôr em hipótese a sua presença – às três, refiro-me às gêmeas e à mais nova, que fugiram no pico da sua adrenalina.)

Sobravam quatro, portanto. Tendo a *cowgirl* acabado de dar à sola sem que a conseguissem travar. (Sim, ela corria tal-qual um rinoceronte assustado.) *Energúmeno*, pensou a matriarca que se via diante dum amputado sonolento, uma velha *ipsis verbis* e uma caixa-de-óculos presa no seu autismo. – Que delícia... – rememorava ela.

De braços abertos, formando uma cruz, a velha aprendera com o chapo a tirar um cochilo (pode afirmar-se que fora um desmaio pró-ativo?) e assim se deixou estar até se ressalvar o lema: *uma por todas e duas por si.*

*

Na tentativa de decifrar aquele chinfrim, agregou-se o povo no largo.

Indeterminados minutos depois, o cenário: duas guerreiras sarapintadas de tinto recuperando uma terceira de arrastão. Procuravam o hospital de campanha?

Entre cochichos, descortinou-se a sua origem. Vinham de matar e cada uma empenhava um método e um motivo.

Descortinou-se também o dever de as excomungar e, à vez, agarraram-nas, subjugaram-nas aos degraus do cruzeiro e descarregaram nelas a sua vergonha. Para que não repetissem tal loucura (diga-se: para que não voltassem a abandonar os maridos / que se lixasse o morto), partiram-lhes os pulsos e as pernas e decidiram ainda queimar-lhes as línguas para que jamais esquecessem o sabor duma traição.

Somente a vozinha regressaria a casa nessa manhã, de gatas, acompanhada pelo marido, que envelheceu para lá da reforma. Não porque o traíra, mas por lhe não ter feito chegar as habituais torradas.

A matriarca, arrasada, perderia o amor do marido, que já não a amava muito, e perderia também as filhas. Uma tortura. Sem se poder ver longe delas, daria proveito à corda que retivera da companheira de luta que, por seu turno, regressara a casa para não encontrar o marido, pois nunca o tivera. Ela sim, seria a única a recompor-se maravilhosamente, em razão de não ter sido lembrada e, na semana seguinte, adotaria um filho (um amor que graças à teta se desinteressava da sua predisposição cambaleante e dos seus dotes de fanfarrona rústica), num recomeço importante. Iria mudar-se, ia de viagem e choraria todo o caminho aquela roda feminina – essa lembrança do único elo que manteve com criaturas do mesmo sexo, e o jeito cordial com que o amante lhe beijava as costas húmidas ao despedir-se. Que pecado original, que desgosto, que terror dominaria seu rosto acaso o encontrassem e soubessem sarar seus borbotões. Que incompreendido trágico dez de julho.

# DO VERDE E DO VERMELHO

– *Wait... Wait... Wait...* – ouvia-se a vermelho.

A cidade virava costas à noite, mas os passeios ainda se tingiam dos néones das lojas cujas montras proporcionavam um espetáculo digno. Às claras, manequins dançando, desfilando, bebendo num alarido. Sua fuga? Compreensível. Ao fim e ao cabo, longas eram as horas de imobilidade e todo o artefacto tem direito ao seu cigarrito, verdade? *Não sejas louco... Que necessidade tens? Não te vás enfiar no quarteirão dos junkies*[1]*, ouves?*

– *Wait... Wait... Wait...* – destapei a boca ao semáforo. A neve cobria-o e cobria-me. Ombro com ombro, aguardávamos o destino. – Rapaz, quem te ordenou Deus?

– *Wait... Wait... Wait... – não há homem sem lei. Haverá lei sem homem? Mania esta de colocarem as nossas vidas nas mãos destes decisores metálicos!* Perdi-me. Onde ia?

Em criança, falaram-me do João Ratão. *Sê bom menino, senão...* O meu tio que apimentava os melões (à socapa) adivinhando que lhes subtrairia umas fatias, *Desgraçado!*, revelou-me cedo a sua existência. *Juro que te leva!* Segundo consta, Ti Rui era boa-gente, mas no que concerne à maquiavelice de seus atos, para mim, era a personificação do Diabo. Era ele que colocava as fatias empoleiradas no muro (que dividia nossas casas) e as deixava alegres ao sol,

[1] Viciados em drogas.

entregues às moscas, só para que eu as cheirasse e, na gula, as levasse à boca. Depois, ardia-me a língua, carimbava os sapatos, sujava-lhe o adro e o diacho já não ria, arriava-me. Do alto do seu metro e noventa, pegava-me pelo colarinho e *Chego-te o cinto!*, dizia com suas asas sobre o meu... *Focinho têm os animais. Foi o que respondi, Ti. Aquele homem, realmente... Não joga com o baralho todo.* À *sueca* não jogava com certezas. Dedicava-se, antes, a jogar aos maridos. Que infelicidade a da tia. Caladinha todo o dia atrás do estore inspecionando a rua, o trânsito, a vizinha e a ele (!) que regressava a qualquer momento para reclamar do jantar. Que nunca dava com o seu paladar. Que já tinha obrigação de saber que com aquele prato ia outro copo. Que... *Inútil!* Será uma refeição insossa um pecado? A mim tanto me dava, desde que a conseguisse pôr à língua. E não, nunca fui nas suas cabidelas, nem alinhei nos seus fígados de cebolada ou nas lulas recheadas. Certas ocasiões esquisitei, admito, mas, exceções à parte, sou bom prato. Então aquela sua tarte de lima adornada a claras em castelo... A sua cozinha embebida do perfume que se ia espalhando aos quartos de cima, pelo quintal... *Se te empenhares nos estudos, terás uma...* Rica tarte, rica tia, rico cheirinho a férias grandes. *Aonde vou buscar tais lembranças? Atravessa!*

– *Wait... Wait... Wait...* – apanho o rastro ao rumor de dobradiças e vejo um sujeito trancar uma carrinha. Mede-me. Meço-o e o olhar desliza-lhe sobre um vagabundo espalmado entre o lixo e uma padaria. Condena-o em voz alta e segue. *Que este frio ninguém aguenta!* O coitado nem ressona. Sou duma geração que teve vagar para isso. Sonhámos muito, ressonámos mais e ainda ressonhamos hoje. *Que necessidade é a tua? Só te encontras se perdido?* Aquela tarte... *Já lá vai...* Que cheirinho.

– *Wait! Wai...*

*Atravessa! Quieto, és atropelado. Atravessa! Chego-te o cinto! Ninguém além da décima-segunda avenida? Atravessa. Está vermelho. Não se veem quaisquer janelas iluminadas. Está um briol... É melhor ir andando. Não. Que perdes? Atravessa. Estou apetrechado com o último grito no combate à neve e ao frio – botas! Raros colegas dispõem de tão aristocrático aparelho de aquecimento. Desgraçado! Atravessa! Está quieto! E eu, hein? Que fui daqueles que se privilegiou com a compra duma escalfeta para amornar as mãos de baixo sempre que as de cima se ocupam dum García Márquez?*

Um rol de motoretas espirra entre os prédios. *O Papão chegou pra me buscar?* Realmente, há gente que aprecia gastar a vida sobre rodas... – *Walk... Walk... Walk...*

# DO PAPAGAIO E DOS (DES(IRMÃOS

## I

– Deixai que vos informe. Acerca do testamento... Marcou-se-lhe a leitura para daqui a oito dias pelas quatorze horas, no notário do centro, okay? Assim que chegue ao escritório, darei instruções para que se coloquem avisos à entrada da Sé e, caso estejam de acordo, enviarei uma nota para a redação do Diário. O vosso pai era bom homem, um grande amigo da cidade, deixará saudade. Muitas forças. Disponham.

## II

Que havia sido atropelado. Passado a ferro. – Por um *caterpiller* – e quanta angústia se acumulou nos recantos de tão escusado detalhe.

Perder o pai é perder o último reduto antes da morte. Significa isto, passar a sofrer da dor mais egoísta do mundo – a dor de enfrentar a derradeira porta, e os irmãos não podiam crer. *Na rua? Na rua?! O pai passa-o nas leituras...*

Aconteceu. E rapidamente a população se transtornou. E rapidamente lados foram tomados. E rapidamente as fações se opuseram, conspirando a divisão da fortuna.

*Repara... Que batata! Dessa trunfa tu também? Quem avisa...* – e vincados pela inocência, os irmãos foram escutando, analisando os comentários de ambas as partes, duvidando de si, reconsiderando-se e considerando-se mais que o outro e claro que acabaram por se dispensar, pois só podia que tivessem sido adotados e melhor que se iniciassem as questões de guerra e se pusesse termo àquela cegueira tola.

O pai, que andara em cruzeiro pelas águas do mundo e que conhecera gentes de toda a espécie e feitio, jamais se preocupara com sucessões e partilhas. Contudo, seria em casa, numa hora igual a tantas, que lhe pesaria o futuro.

Na soleira da entrada, um vime ancorava duas faces sem chupeta ou roupinha e, entre os berros e o chamar da campainha, uma nota: "Deus te conserve por muitos e longos e que te dê a educá-los com seus devidos direitos".

*De irmãos só a origem?* – desconfiou, ao baixar-se para recolhê-los.

Estava correto. Sua índole era diferente. Cada qual com suas manias, com seus defeituosos trejeitos, sem apontar o óbvio: um mulato, outro para o pálido, um entroncado, outro desencontrado.

## III

– Se me permitis, começo por lembrar a amizade e o sentido de humor daquele que nos foi tão querido. O senhor capitão, foi que nem um padroeiro, uma entendida à qual se recorria em caso de dúvida ou necessidade e nunca, reforço: NUNCA nos falhou.

Penso que seja da memória dos presentes aquela infame tempestade que o levou a atracar na nossa doca. Há males que vêm por bem... Como sabeis, acabou por adquirir a mansão do saudoso Eng.º Meirelles, recuperando-a a charmes de antigamente e, admitamos, o centro histórico ganhou outro fôlego. Quiçá tenha até despoletado a reabilitação do restante património e permitido que nos elevassem a cidade. Bom, suposições à parte, as influências que moveu em prol do bem-comum e o lustro que deu às nossas tradições, criou uma unidade entre o povo e a verdade é uma: nos últimos anos, foi ele o nosso farol e o nosso maior embaixador e podeis constatar que, à hora da despedida, nos encontramos reunidos para revelar os gestos que teve para connosco. Atentai, caríssimos, em como o secretismo e a constância dos mesmos transparecem carácter.

Enquanto refletis, e com o vosso permisso, irei abrir o invólucro que contém a íntegra distribuição dos bens acumulados até ocasião da sua morte com certezas de que os seus desígnios irão de encontro com o que vos parece ser justo. Sei que alguns de vós querereis dedicar-lhe algumas palavras, mas peço-vos que o façam após a leitura, sim?

O senhor capitão há muito que não abandonava o lar e privar com ele tornou-se um privilégio raríssimo. Saberão, seguramente, do que falo. Era impossível ficar indiferentes às suas estórias e, antes de passar a ler, quero prestar-lhe a minha mais sincera homenagem e deixar os meus sentimentos à família.

Agora, com as devidas licenças...

*Eu, Enrico Lorenzi Giordano, estando em perfeito juízo e em pleno gozo das minhas faculdades intelectuais, sem nenhuma interdição e livre de qualquer induzimento ou coação, resolvo lavrar o presente testamento no qual exaro a última das minhas vontad...*

– Ao que importa!

*Amigos, parto com a ideia de que o vosso cantinho se aproximou um pouco mais do céu desde o dia em que o conheci. São boas notícias, pois talvez consiga identificar vossos rostos lá de cima e, vossemecês, o meu, entre as nuvens. Sois a minha casa e reservo-vos, por isso, as minhas penúltimas palavras.*

*Começo pelo que me levou a ficar: meus filhos – a surpresa das surpresas.*

*Filhos, vocês chegaram-me há treze anos (parece de ontem!) e vi-vos crescer sem se notarem, sem se duvidarem, partilhando o beliche, a comida, as namoradas que guardacostavam no segredo do recreio, enfim...*

*Recordam-se daquele episódio em que se ausentaram para fisgar pardalada com a minha automática? Ao primeiro disparo, um no gramado, com o beiço rebentado pela coronha, e o outro atarantado, escondendo-a nos arbustos enquanto se fazia desentendido.* A culpa foi minha. Chutei com demasiadas forças, papá. Sou o Pelé em carne e pernas, daqueles que rompe redes, sabe? Me desculpa, irmão? *Como se protegiam...*

*Não demorará para que vos façam notar vossas dessemelhanças e vos conduzam à separação. Pressinto-o. Porém, não esqueçam que entraram pela mesma porta. E entraram sem nada senão a sorte de chegarem irmãos. Essa companhia vale por quantas? O capital classifica e separa, mas não deixo de estar de olho em vocês, pelo que cuidarei que me oiçam. Vocês são unha com dedos, pensem-se.*

*Diligenciei ao Ezequiel a atribuição da fatia que noutra circunstância dividiria por igual. Ao encontrá-lo estendido na praia, caído dalgum ninho (?), achando que nunca iria ter filhos, adotei-o, criei-o e confio-lhe a paz da minha alma. A sua incorruptibilidade, sensibilidade e inteligência de ave saberão contemplar o verdadeiro merecedor das minhas economias. O primeiro nome que enunciar, será o destinatário. Perguntem-lhe.*

*Não encarem isto como leviandade, mas lição. Garanto-vos, todavia, uma quantia para gastos com a vossa educação.*

*Deverão encontrar o Ezequiel na presença do António, que vos lê este testamento (obrigado, António!) e do Excelentíssimo Senhor Doutor Juiz Carlos Eduardo que me ajudou com a obtenção da nacionalidade que tanto prezo.*

*Não esqueceis que o pai vos ama, vos acompanha e vos encarrega desta missão com o propósito único de vos reaproximar. Boa sorte!*

## IV

Todos se encontravam no notário. Todos, incluindo os irmãos (junto das impróprias claques), aqueles de direito e alguns curiosos esperando que lhes calhasse qualquer coisita em rifa. Porém, melhor que esperassem sentados. Nada calharia. Nada de nicles, bola. A coleção de taxidermia passaria para o cuidado do Museu de História Natural, os tacos de golfe recheariam os desejos do meritíssimo seu melhor-amigo e os indiscriminados acabariam distribuídos por várias associações sem que sobrasse patavina, o que levou uma boa parte a levantar-se e a perguntar pela massa. *E a massa?*

Só havia uma forma de se esclarecerem... E partiram as cuscas em primeiro, guardando a frente. Depois, o padre, um catequista, duas freiras, a família afastada e o Senhor Presidente que, por via de suas graças, tamanhos pedidos adiantara para estradas, mercados, praças e empreitadas. Tudo das índias. Por último, as quadrilhas e o notário na cauda da turba, operando conversas entre os gêmeos e o magistrado.

Dezenas (para não incorrer em erro) desaguaram pela avenida fazendo tal alarde que alguns estabelecimentos se viram obrigados a dar a tarde aos empregados, visto também eles poderem vir a servir de testemunhas. Um tribunal a céu aberto parecia anunciar-se e, dali a minutos, apenas nove degraus separariam a multidão do veredito.

– Aos pés das escadas, se fizerem o obséquio – pediu António à chegada. Pediu também todo o silêncio aos intervenientes para que se não influenciasse a gaiola com prémio – um papagaio de nome Ezequiel dando seus sinais à janela, cantando chaves doutros cofres. *Uia uia oioi como cê tá? Uiaaaa! Viva, oioi, cê tá?*

Estava. Estava para destrancar a porta e recebê-lo no seu ombro no preciso momento em que uma camioneta quebrou a atenção de todos. Era o Alberto, o aliado do mundo, dando vazão ao jingle: *Gelados Alberto, gelados por perto! Venha, venham!* De tão boa pessoa, nem recordava o imbróglio em que a cidade se havia metido, mas as cabeças a 180°: – Cala-te, Beto! Baixa 'ssa merda! – relembraram-no e voltaram a colar no Ezequiel (que desbaratava meiguices nas barbas de António enquanto este lhe passava a mão pelas penas) conforme girassóis à luz, de respiração suspensa, não crendo que o bico viesse a bater: – Beto, Beto, Beto! – *Porra! Parece impossível...* E desbarataram a dar-lhe a boa nova, a comprar-lhe gelados disto e daquilo que *O querido sempre fora o maior da cidade e arredores! Parabéns, companheiro! Parabéns!*

Gregório e Inocêncio desmaiaram ali, pelos degraus. Ezequiel retornou a casa. Beto manteve a rotina, rematando com os cotos os trocos que não pedira. O notário fora perentório: *Não há cá pão pra malucos*. O dinheiro estava ao encargo do bicho. (Cinquenta anos numa gaiola para dois minutos de ombro e vinte segundos de fama?) António apertou o bacalhau ao Sôr Prior, a praça esvaziou-se e o Doutor Juiz encarregou-se de passar um gelado pelas narinas dos adolescentes que, ao cheiro do chocolate, vieram a si, dividindo-o prontamente. As suas lágrimas eram de facto de pratas idênticas. Em diante, irmãos? Para *siempre*? *Estimado pai, onde andas?*

No misto do pranto de quem nasce miserável, cresce desafogado e regressa à partida, Ezequiel, da janela, gargalhou: *Oioi uiaaa parvos, parvos, inocentes! Como cê tá?*

– Só dizes disparates. Cala-te, seu espanador falante! – *Parvos, parvos, inocentes. Gregório, Inocêncio, Beto pai, vós filho. Oioi. Parvos. Beto pai, vós filho. Uiaaa!* – Como diz?

– O Beto é nosso pai? Pai de um de nós? Ouviste? – e bem traduzida a língua (quase materna. Suplente?), convinha transferirem-se para o seu íntimo, que já não havia espelho que os aparentasse. Guiados pelo rancor, com suas distâncias devidamente sinalizadas, sem o selo do amor e da fartura, era altura de se atropelarem, fintarem e lançarem à mais doce carrinha de trabalho. Não se conheciam. *Uia! Parvos!*

# QUE CONTO ISTO

Durante anos, apareceu-me à porta no seu calção bege e camisa de safari muito russa. Todo cor de cal, cumprimentava-me sorridente e imediatamente sacava da fotográfica que levava ao peito. Apontava-lhe a banca, mas sempre caía nos ombros dando uma de indeciso. Queria-me a declamar o inventário, que lhe desse a conhecer cada fruta. Logo lhe perguntava se me faziam vendedeira ou professora, mas o manhoso não entendia e obrigava-me a rebobinar, a puxar as vogais atrás. Era nesse momento que musicava o que ouvira e, caso desse com a acentuação, subia-me um pouco ao coração, confesso.

A vontade que tinha de aprender estava para a vontade que eu tinha de me ver livre dele. Mal de quem lhe desse trela. Era bom homem e até que nem seria mau de casar, mas cá comigo e com Deus, de que vive um desterrado senão da sua boa sorte?

No fim, escolhia o que levar – quase sempre uma maçã, guardava o troco, trincava-a e, de boca cheia, já na rua, começava: *Pexinho fresco, olhó pexinho!* Óbvio que o mandava à fava e lá ia ele, no seu passo engirafado, rindo alto, a caminho do mercado.

(Num aparte, entendei que o meu negócio vai muito além da simples venda de frutas. O meu negócio é também o da partilha de um ombro amigo, de dois ouvidos. Às vezes, de um ou outro conselho. Se o orçamento é curto, a Julinha indica as propriedades do abacaxi. *Se quer limpar os rins, leve maçãs. Se está constipado, melhor toranjas. Se o marido chega a más horas, talvez romã.* O meu ganha-pão são esses cinco minutos. Devia até chamar-lhe "ganha-fruta", porque pão é com o Zé Padeiro...)

Bem... Habituámo-nos à sua presença e foi estranho deixar de o ver. Tomava a nossa casa como dele. Valorizava-a. E, talvez por isso, permitíssemos que metesse o bedelho onde não era chamado. Era bicho inofensivo. Com os óculos estrangulando a cana do nariz, farejava qualquer chance de se sentar connosco à mesa, de provar da nossa comida. Seus gestos abertos, suas gargalhadas inconsequentes e os cobres que deixava, faziam-nos sentir valorizados. Houve quem apostasse que viera em viagem e se apaixonara pela cidade. A mim tanto me dava...

*

Certa tarde, deparei-me com ele a fotografar os catraios que têm por hábito saltar da ponte. Uma pequena multidão rodeava-os e aplaudia-os. Eles vangloriavam-se. Queriam puxar a atenção para si. (Aquela que não recebiam em casa?) Queriam entusiasmar alguma moça que por ali passasse à procura da via mais rápida para o coração. Nessa idade, o amor anda de mãos dadas com o perigo e elas descobriam-no.

Ao aproximar-me, ouvi um deles perguntar-lhe: *O que fazes aqui?* – a pergunta, sem quaisquer preâmbulos, poderia ter sido encarada como uma ofensa, mas, felizmente, a sua inocência foi-lhe tida em conta e, numa cordialidade estranha aos nossos jeitos, acabou por receber um "procuro".

– Procuras? Procuras o quê? – pingue-pongueou o miúdo

antes de se fazer ao mergulho: – Os porquês!

A resposta deixou-me um tanto confusa e já só me lembro de o ver cortar pelo rio com facilidade idêntica àquela com que treparia o rochedo que dava para a estrada. Quanta agilidade. Quanta energia.

Num ápice, estava de novo no topo do corrimão, à nossa frente, limpando o limo que trazia agarrado ao xadrez da barriga, enxugando os calções que se desfaziam em cascata, prensando suas narinas com o polegar e o indicador, nasalando: – Os porquês?? – no salto:

– Da vidaaa..! – ouviu-se.

Foi então que entendi, ou achei ter entendido, aquela conversa, mas logo me passou da ideia ao vê-lo desabrochar sobre as águas fundas, lá onde as embarcações cruzam de passagem o estreito. A corrente levara-o atrelado e tentámos de tudo para avisá-lo do perigo que corria. Gritámos, apontámos a margem, desenhámos no ar um navio, não nos atendeu. Ao invés, fez-nos uma vénia (ainda que somente meio torso se visse), fez-nos outra e acenou seu adeus no instante em que acabaria engolido pelo casco de um navio que seguia a altas velocidades.

Apática, não soube reagir. E não fosse pelas buzinas, jamais me aperceberia que o engarrafamento estava prestes a abrir.

Corri. Corri para a paragem (andava adoentada e convinha não perder o transporte) e, de longe, vi uma máquina pelos ares e uns grandes braços abertos. O resto não me perguntem. Tive apenas tempo de entrar e ouvir o *splah*. É a primeira vez que conto isto.

# DO HOMEM E DA OBRA

Vivia no museu da sua vida, ocupando-se por inteiro do salão de estar. Subsistindo das recordações, recostado ao passado, enraizava-se no cadeirão, vegetava nas horas e já nem as visitas o ausentavam de si mesmo. Estaria encerrado na própria cabeça? Pergunto-me: Como é isso da petrificação? Se souberem, expliquem-me enquanto vos puxo esta descrição:

o papel de parede era complemento aos diplomas e, as paredes, longos palcos verticais, telas de alegrias passadas, passadas de alegres momentos lá no fundo dos tempos, tempos bem arrumados pelos retratos e pelas conquistas espalhadas sem ordem aparente, exceto as medalhas que lembro por cronologia crescente.

Dessas, algumas exibiam gravuras de canoas e de remos (sim, seus ombros cumpriam a largueza dos grandes toiros da Andaluzia), outras, automóveis, zepelins e várias avionetas – a panóplia de metais refulgentes parecia rematar os respetivos recortes de jornal tal oiro sobre preto e branco em molduras de tom ocre.

A par com as medalhas, em expositores, ficavam as taças de tudo e mais alguma coisa, as provas de que havia empenhado essas mesmas taças de tudo e mais alguma coisa, uma raposa embalsada, outra abocanhando um casal de faisões, várias cornetas que tipicamente principiavam as caçadas, botas e capacete da 1ª Grande Guerra, manequim apetrechado de colete antibala valendo seu peso em divisas, condecorações, óculos e capacete da Força Aérea, parte dos *flaps* dum caça, luvas à Juan Manuel Fangio, diploma de conclusão da *Mille Miglia* e da *Volta à França em Bicicleta* e o 1° Prémio no Concurso Internacional de Caça à Trufa que vencera com a ajuda do seu velho *cocker*. (Preterido foi o cerdo doméstico... Em favor do tacho?)

Do lado oposto, contavam-se inúmeras salvas de prata, galhardetes, bandeiras, braçadeiras de capitão (?), tacos, raquetas, um troféu de campeão de pares do *All England Club* e uma miscelânea de objetos carunchados que não passam por mim caracterizar (= não sei).

Ao fundo, por cima do cadeirão, a pele e juba dum leão que caçara nas décadas em que dava uso às pernas e rigorosamente à direita, um urso que lhe abrira as goelas num domingo de Ação de Graças no Alasca. Encostado a ele, um retrato a óleo pintado pela ocasião do seu 60° aniversário e um móvel, ao qual se amparava o urso em duas patas, supostamente recheado de hastes, marfim e espingardas.

A mansão, como compreendem, era uma cápsula que nos transportava ao passado, que nos levava à raiz das nossas gentes e, era, sobretudo, o arquivo das conquistas de Sir George, seu local de culto, motivo de peregrinação. Felizmente, ele, incomodava-se pouco com estranhos, aceitando enrolar estórias com qualquer um que lhe levasse bom *scotch*. No entanto, ao conhecê-lo, notei que passara a não abrir os olhos. Tomava já outras infusões. Tenho para mim que hibernava, aos poucos...

*

Segundo o meu padrinho, as homenagens prestam-se

em vida. Por isto, quis levar-me ao seu encontro. Tinha eu sete/ oito...

Conheci-o sentado, na sua, calado. Parecia desligado, mas mal me aproximei, levantou os braços e procurou-me o rosto, contornando-o nas suas calmas de idoso. Que inusitado. Que desconfortável... Dei um passo atrás e saquei do desenho que havia feito na escola. Ele sorriu e aceitou-o para o bolso, regressando à sua imobilidade. O gesto não me causara comoção. Causara, no entanto, ao padrinho. Segundo ele, estava abençoado e fui levado em ombros para junto da família. Francamente, só tomei consciência da importância daquele dia ao ingressar na faculdade e se espalhar o episódio. A descrença, a inveja e, também, a euforia, deram-me a sua real dimensão e já não havia como fugir. A partir daí, debrucei-me na sua história e, ao longo do semestre, estudei-a de lés a lés, ganhando curiosidades, pelo que decidi escrever-lhe. Meses depois, respondeu-me o secretário, agradecendo. Só agradecendo (!). Lógico que fiz as malas e me pus a caminho.

A sua mansão de torres altas e largas paredes, revelava-se para lá de um portão que sempre (?) ficava aberto. Assim o encontrei e ali estava ela, coberta de eras. Parecia abandonada há décadas com seus vitrais estilhaçados, um par de estátuas amputadas e a grandiosa fonte sem pingos de nenhuma água. (A visão levou-me, sem porquês, ao seu nariz de ponta púrpura, à qualidade da sua tez queimada de furúnculos e à sua roupa antiga. Outro universo... Estaria igual? Estaria ainda? Diferente? Para pior?)

Contornei-a pelas traseiras na expectativa de encontrar uma maneira de entrar, quiçá Sir George..? Claro que não o encontrei. Nem encontraria ninguém, não é? Contudo, ao espreitar por uma das janelas, com o entusiasmo, devo ter pressionado seus caixilhos e, estes, quebraram. A madeira estava podre sim, e cortei um dedo, mas também se diz, na minha terra, que se deve fazer limonada dos limões que a vida nos dá e estava aberta a passagem. Era sentar-me no parapeito e saltar uma perna à vez. Nada me impedia e nada impediu.

No interior, os cortinados ondulavam na correnteza. Havia a presença de um assobio constante. A casa parecia respirar, como nunca

a escadaria central, iluminada pela claraboia geometricamente disposta, impunha-se na minha memória. Por estranho, recordava tudo aquilo e tinha ainda o trajeto na cabeça. Bastava seguir subindo ao penúltimo piso, onde o corredor à direita lembrava uma garganta comprida. O salão ficava à esquerda e, para minha surpresa, estava vazio. Vazio não totalmente. No lugar de Sir George, e das suas relíquias, uma taça acompanhava todo o pé direito e pus-me a examiná-la de baixo. O meu reflexo dava-lhe pela cintura, e como pudera eu esquecer-me dela..?

Sentei-me no chão à chinês e deixei-me estar, hipnotizado por cada detalhe daquela gigantesca taça. É provável que tenha até mimicado Sir George, uma vez que vegetei nas horas. Desacordado, não dei por passarem e era quase noite quando uma brisa me tocou as costas e me levantei arrepiado. Levantei-me para sair e lancei o derradeiro vislumbre à sala, triste. Triste por não ter encontrado quem queria, por não ter podido esclarecer minhas dúvidas, nem voltado àquele almoço de família onde fui herói. Contudo, cá fora, já na rua, ri. Quiçá tenha gargalhado. Sir George não morrera. Não, Sir George, transformara-se. Existia.

De mãos à cintura, erguia-se. Luzia. Afinal, sempre fora a maior conquista da sua vida, o seu maior troféu.

# DOS DE DENTRO E DOS DE FORA

Por favor, cuidado... Deixa nódoa. Que tomam? Vimos em trabalho, Carmo. Mais logo. E esteja descansada que não sujamos a carpete.

Em três, dois, u... Estamos em direto:

Maria do Carmo, tudo a postos para a inauguração desta tarde? Para lhe ser franca, já só estamos à espera dos convidados. Alguns deles bem conhecidos de todos nós, verdade? Exato. Nos últimos anos habituámo-nos a vê-la à frente deste tipo de eventos. Ainda sente nervosismo? É evidente. Ninguém gosta de fazer fracas figuras. Especialmente na presença de tantas personalidades. É uma honra e uma satisfação recebê-las.

Acaba de chegar a ministra-da-cultura acompanhada do secretário-de-estado do património. Carmo, quais são as expectativas para hoje? Olhe... Que as pessoas se divirtam, que apreciem o espaço, a decoração e que a festa se prolongue noite dentro. Muito bem. Permita-me apenas que expresse... Num minuto. O meu mais sentido agradecimento ao *staff*, em particular ao pessoal da carpintaria que, ontem, ainda nos veio ajudar com os últimos preparativos. Tenho-lhes uma enorme dívida de gratidão. Obrigada, Maria do Carmo.

Falemos agora com Álvaro Lafões, responsável pela reconversão deste mosteiro num equipamento para eventos de grande escala. Álvaro, como pôde alguém tão devoto, transformar um local assim? De culto. E as crianças? Em que ala ficará instalado o orfanato? Antes de mais, boa-tarde para si e para aqueles que nos veem lá em casa. Sabe, Mónica, não gostei do tom da pergunta. Como vê, pela cruz que trago ao peito, fui educado a amar Nosso Senhor Jesus Cristo e, para mim, nada é mais importante que a minha fé, mas isso é algo muito pessoal. Para que fique assente, chegámos a contactar o Vaticano e, apesar de não nos terem atribuído nenhuma verba, também não se opuseram a nenhuma das nossas ideias. Não será do conhecimento de todos, mas, em garoto, acompanhava o meu pai nas viagens que fazia às herdades do Alentejo e do Alto Douro Vinhateiro e ia-lhe dando sugestões para rentabilizar os espaços que encontrávamos ao abandono. Era uma espécie de jogo. Um passatempo que inventei para me entreter e que se veio a revelar uma paixão. Aos sessenta, com os filhos criados e os negócios orientados, posso finalmente viver como bem desejo e confesso que cheguei a duvidar se seríamos capazes de cumprir a *deadline*. Foi um projeto ambicioso. Desde a compra dos terrenos, à estruturação do negócio, às licenças para recebermos a canalha, enfim... Tudo isto foi feito com amor, que é o que realmente importa. E estamos aqui reunidos para celebrar isso mesmo. E para desfrutar! Já reparou na bênção que é este mar como pano de fundo? A vinte minutos da capital, imagine-se! Foi por essa razão que, muito provavelmente, os monges decidiram assentar arraiais aqui. Não estamos certos, no entanto, do porquê de se terem mudado em meados do século... Quinze, salvo erro. Contudo, trouxemos uma equipa de arqueólogos da Baviera e teremos respostas em breve. Também contratámos os melhores restauradores a nível nacional e, graças a eles, foi-nos possível recuperar o altar-mor. Quase o perdíamos... Seria uma pena, é lindíssimo. Tal como o exterior. Já reparou na sua monumentalidade? Posso adiantar-lhe que lhe dedicámos uma boa fatia do nosso orçamento. Alterámos, aliás, toda a fachada para este marrom que lhe confere um ar bem mais leve e apelativo, não concorda? Foi o meu toque pessoal. Julgo ter acertado. Arrisco-me a dizer que a tinta ainda está fresca, Álvaro! Mas não receia ter descaracterizado o edifício? Repare... Tivemos de o atualizar. De trazê-lo para este século. Não foi uma mera intervenção cosmética. Foi uma necessidade. E, muito honestamente, não entendo este ataque ao nosso trabalho e à minha pessoa. Sou católico praticante, tenho um irmão padre, sobrinhas noviças, sinto-me apto a destrinçar o bem do mal. A nossa prioridade sempre foi a de preservar este lugar e, com isso, ajudar o próximo. Nomeadamente as crianças e os adolescentes em risco. São esses os valores que me foram incutidos. E poderão esses adolescentes participar dos eventos que irá organizar? Dependerá do evento em questão. Portanto, em determinadas ocasiões, há a chance de ficarem impedidos de circular livremente na sua própria casa. Como deve calcular, nada disto cai do céu e as contribuições dos nossos visitantes (que vêm para um concerto, para um festival, casamento...) são fundamentais para conseguirmos manter o pessoal e todas as comodidades que disponibilizamos aos miúdos. Há que fazer cedências. É importante que eles aprendam isso. E asseguro-lhe que não lhes faltará onde correr e brincar.

No momento em que chegam mais convidados... Que está a achar? Está tudo num brinco, excelentemente organizado. Estou deliciada com o bom gosto. Estupendo! Tenho de congratular o Álvaro. Como pode comprovar, fizemos um bom trabalho. Diga antes: os arqueólogos e o arquiteto, a mando da fundação, fizeram um bom trabalho. Não me meta abaixo, Mónica. Não lhe fica bem. Permita-me que questione a ausência dos órfãos neste jantar inaugural. O ambiente não é apropriado e o jantar é dirigido às pessoas que nos ajudaram. É um gesto, uma retribuição. Por "ajuda", refere-se a doações monetárias ou..? Não sejamos indiscretos. O arcebispo, por exemplo, foi o nosso intermediário junto da Santa Sé. Temos convidados dos mais variados backgrounds. Políticos, empresários, mecenas... Muito bem. Foi a entrevista a Álvaro Lafões, empresário, filantropo e herdeiro de uma das mais antigas fortunas construídas no Brasil.

Esqueceste-te de referir: "e com uma fé inabalável". Deixa-me rir. Inabalável não fosse colocares as criancinhas ao colo dos senhores que te ajudaram a pagar um mosteiro altamente rentável. Acordaste com os pés de fora? Ó Álvaro, vai-te catar. Mas que raio se passa contigo? Vai receber os convidados. Desembucha, pá. Que foi isso de me dizeres à última da hora que não me davas exclusivo? O diretor estava a contar com uma reportagem pormenorizada, de dentro, só nossa. Os filantropos não gostam de dar a cara, não fica bem. E à porta não posso impedir ninguém de estar. O passeio é público. Tudo bem. Mas alguém se acredita que estes gajos gastam o seu sem contrapartidas? O que te posso assegurar é que muitos me ligaram antes de ser eu a ligar-lhes. Alguns até me falaram em adotar bebés e empregar os mais crescidos. Metes-me nojo. Também tenho de ganhar o meu, não? Não é a fundação que lucra? E quem gere a fundação? Pois, claro. Alguém tem de te pagar a vista pra baía e o *chauffeur* à porta. Relaxa, querida. Vamos tomar um *drink*. Nem está calor, Álvaro. Fica para depois. O teu *cameraman* está a sorrir. Porra, Miguel! És sempre o mesmo. Posso deixar as minhas coisas no teu carro, Álvaro? Claro. Já mando o António levar as tralhas ao estúdio. *Enjoy*!

# DO FIM E DO REINÍCIO

Aurora e os telhados outrora cereja, esverdeiam em jardins onde pássaros, abelhas e outros habilitados às pressupostas vias-aéreas se manifestam nos píncaros da sua felicidade. Alguns usam os carreiros da geada para se lavarem. Outros, bebem dos finos panos de água formados por esses carreiros no chão dos pátios. Panos que evaporarão para mais uma jornada de trabalho sem que por isso alguém dê conta, tomando mão do ar, durante as horas em que na terra, os humanos, distribuem tarefas pelos animais, pelos robôs e por entre eles mesmos numa hierarquia regulamentada por fundamentos, também eles, um tanto espaciais. Incertas vezes, há quem faça simples acordos em línguas de saliva, outras, sérias promessas de sangue assentam em papel sagrado. Por ora, nada disso importa. Volvamos aos telhados que à meia-estação derretem em musgo e fauna.

O estranho acontecera. Já não é só o meu telhado ou o contíguo. Tampouco os do quarteirão ou vizinhos. É a totalidade de telhados que a vista perde. Ouvi na rádio que o próprio parque se começa a camuflar entre os lugares verdes. Permanecem, no entanto, as serpentes de asfalto. Todo o corpo necessita de artérias (?) e os falcões agradecerão. Os beija-flores também se irão juntar à festa assim que descobrirem que as avenidas se transformaram em longos rastros floridos. Trabalho não lhes faltará.

Não querendo profetizar, mas já profetizando, sinto que

todo o beco irá dar frutos e que as vielas não serão mais palco para fetos apertados que nem pintainhos, entre os prédios, na busca por um último raio solar. Não consigo compreender se a natureza quer engolir o Homem ou se estará bolçando algo que lhe caíra mal há milénios...[1]

O receio instalara-se no final do mês quando tudo se encheu de verdete e se começou a evitar o ar livre. Opinou-se muito acerca da origem deste problema, mas eu já parei de pensar nisso. Não discuto, não assisto TV, nunca vou à janela – ninguém ousa abri-las aos insetos. *Aguardam-se peritagens*, justificam-nos por carta.

Se parte se resguarda, há quem esteja na linha da frente, pleno de tranquilidades. Determinados setores prosperam. Os vendedores de corta-relvas, por exemplo, disponibilizam o aluguer de suas máquinas a valores astronómicos, convertendo-as nas mais poderosas armas da democracia. Os jardineiros são, por conseguinte, equiparados a *rangers* e condecorados a cada batalha vencida à impiedosa mãe--natureza.

Já se chegou a vias de facto. Pedreiros *versus* magnólias. Sem razão aparente, um grupo de raízes tomara forma inesperadamente, descalçando a praceta em minutos. Diga-se que esta havido sido inaugurada há poucochinho e o seu adultar era esperado na área (e só na área) que lhes

.........................

[1] Virá a natureza cobrar-nos a hipoteca de suas terras? Lê-se nos livros que o Homem começou nas cavernas, descobriu o fogo e logo houve pastorícia e guerra. Porém, os livros não explicam os arranha-céus, os metros de superfície, não falam das fábricas de químicos a céu-aberto, nas centrais nucleares, na recolha e tratamento de resíduos, nem que haveria de se inventar bolsas de natureza tão curtas e pequenas que qualquer ser, sem meras importâncias, as pudesse atravessar a pé.

fora reservada.

Para tentarem restaurar o brio ao calcário bicolor, os pedreiros arregaçaram mangas[2] e optaram pelas motosserras, pelas foices e pelas catanas, incentivados a poder de mandato. Sozinhos, desbastaram o arvoredo puxando-o pelos cabelos numa escaramuça patrocinada pelas gruas 2.0 importadas da Amazónia (os aparos rápidos vão ganhando notoriedade).

Para espanto geral, pela manhãzinha, as magnólias haviam obrado e redobrado seus troncos e suas copas, ao ponto da luz pingar ali doente. Também haviam tomado conta da entrada para a assembleia municipal, travando a passagem dos chefões que aceleravam com o objetivo de publicar os últimos decretos que lhes haviam passado pela mona.

Nesse momento, os choferes, sem perderem a oportunidade de mostrar serviço, pediram escusas e saíram a prender cabos em torno dos troncos. Com fortes puxões para aqui e para além, reduziram as árvores a uma mera chuva de pétalas, voltando às viaturas de escovas acionadas. Restava pregar a fundo e seguir sobre os troncos que estalariam como pipocas debaixo dos pneus. Estavam com as pressas...

Entretanto, numa resolução urgentíssima, o governo declarou estado de emergência. Os lares encerraram para visitas e as escolas entraram em período extraordinário de interrupção-letiva. Os níveis de pólen pandemizaram o nosso dia a dia e só é permitido sair à rua com máscara,

2 Não literalmente.

fato de apicultor e raqueta adequada a abrir caminhos por entre os bichos.

Se é idílico para naturalistas, é. Igual para os biólogos. Não o é, no entanto, para a indústria do petróleo, das cimenteiras, das fábricas de tijolo ou dos arquitetos que primam pelo adobe, pelo colmo ou pela bosta. É ainda incómodo para os carteiros que circulam de trólei pela selva. Como entenderão, esta situação, influencia toda a economia, de maneira que já se começou a falar em migrar as cidades. O presidente apontou ao horizonte, reclama o mar. A área de construção é vasta e parece que a ideia passa por assentar arraiais a partir de junho, durante a época de maior calor, pois o mar faz sesta e podem pisar-lhe os calcanhares ou aparar suas unhas sem que desperte. Nessa altura, iniciar-se-á o circo do abandono do interior e da conquista das vagas. Casas flutuantes serão, imagino, os abrigos para dos empreiteiros. Contudo, mais tarde, ganharão fundações até ao coração da terra, coçando-a por dentro. Fácil prever que numa dança sevilhana, o mar, com cócegas, baterá suas castanholas e arrasará por completo os pilares, as bases e as residências, matando aqueles que ainda não tiverem aprendido a nadar. Será a sua vingança. O retorno aos bons velhos tempos, quando batia palmas e fazia com que suas ondas devolvessem os macacos à água. Esvaziadas as árvores, espumam-se agora os tubarões. É aquela velha estória *da caça e do caçador*... Hoje, não basta abanar caules e ramos, é preciso quebrar pontes, arrombar portões e ir bater às janelas para que as vidraças se abram e das marquises escorreguem os macacos para o seu colo. Isto porque existe um sistema de previsão meteorológica muitíssimo avançado que nos avisa antecipadamente da intenção das águas em fazerem amor com a Lua. Já nada é segredo. Não há maré-viva que leve o que quer que seja de animado da costa. Bancos, cadeiras, esplanadas, um ou outro chapéu de sol é o que leva desde que se inventara tal tecnologia e se começara a trancar as portas com sacos de areia.

A verdade é que as trepadeiras vão tapando os edifícios e os ministros, pressionados pelo povo, serão obrigados a reforçar a frota marítima. Garanto-vos que chegarão navios de guerra ao porto, chegarão de cada canto *ferries*, cruzeiros e barcas também. Os índios, que mal nunca fizeram, conhecendo-os como conheço, disponibilizarão suas canoas. Diante disso, será aconselhado ao povo que faça um curso de construção de jangadas, pois, à data, não há défice de madeiras. Helicópteros conduzirão a burguesia aos novos aposentos, bateiras a remos serão cedidas à classe média e o resto irá de bruços se quiser chegar a tempo. Das embarcações, somente as traineiras sobrarão à virtude de se fazerem casa, aumentando o ritmo da pesca da sardinha. Os Santos Populares calham ao virar da esquina e este ano adivinha-se gorda.

Numa quinzena, estará o país evacuado, deixado às preguiças que se não lembram de correr desde a era glaciar. É público que dormem (ou passaram a dormir?) cerca de vinte e três horas por dia agarradas a tronquitos[3]. Pensem agora comigo: elas passam o dia na sorna porque não têm

3 Este conhecimento adveio do encontro acidental entre uma equipa de engenheiros e uma família de ditas-cujas no momento em que mandavam demolir as suas "casas". Os *Direitos dos Animais* intervieram, em instância própria, providenciando-lhes uma pequena reserva à qual chamamos "Parque da cidade", onde foram estudadas e alimentadas as esperanças de vermos aumentada a sua área protegida.

para onde ir. Estão rodeadas de desumanidade. Naturalmente, no futuro, serão candidatas ao título de velocista, de Tarzans das lianas e nem os chimpanzés as irão suportar. Porém, esses, já dão conta de muros, terraços, de chaminés e estendais, daquilo que permite o uso do fruto ou fruição. Por isso, é a vez da preguiça ser gazela, da tartaruga ser lebre, da mosca ser pardal, do pardal ser condor, do condor ser *boeing* e do *boeing* ser fragata. Isto, até que chegue novembro e os ventos, pais do oceano, desatem a puxar-lhes as orelhas, arrastando-as para onde bem. É desta forma que vejo a humanidade ser (des(engomada da face das águas.

Lá para o ano novo, o domínio do Homem será aos pés do mar, onde mais abaixo não há. Creio que, eventualmente, possa vir a surgir uma outra espécie de humanidade, de guelras e barbatanas, lagartos sem praia, mas com igual curiosidade. E sempre a curiosidade...

# II

# ...E DA TERRA

*à Helena Freire*
*por me ter libertado das mãos alheias*

# ILHAS DO SAL

Era a dança do solavanco. Um jogo de equilíbrios. Era eu na traseira duma *pick-up* fazendo os possíveis para me ancorar sobre o pneu direito, fosse dele voar como quem leva um coice. Era um sol a pino lambendo a estrada, escovando os inoxidáveis, torrando-me a pele. Era um vento que só rugia, que só rugia e que aproveitava para soltar as mãos

pelo meu rosto

a imagem de Espargos e o alívio de desmontar daquele dorso metálico. Finalmente à sombra. Finalmente árvores. Finalmente para o meu couro cabeludo e para a pele que já descascava. Finalmente um minimercado aberto.

Entrámos e, surpreendentemente, para o balcão, uma única fila de enlatados batendo-nos continência. Entreolhámo-nos e o Dany fez questão de referir que Cabo Verde importava quase tudo. Que pouco se produz.

Imagino que, nesse jogo de equilíbrios, se distribuam os essenciais pela ilha. Não minto quando digo que até àquele ponto só magreza e pouco trabalho, apesar de na tarde seguinte ter visto um moço lançar uma rede ao deus-dará, para a retirar segundos depois com o seu peso em peixe. Recordo bem o seu rugir, a felicidade naqueles pinotes sobre o areal, como se o areal fosse o seu trampolim. Recordo a sua vaidade. A mesma que sentia quando sacava um *excelente* e pelos corredores o esfregava nas bentas dos choramingas, espicaçando-os, porque podia, fazendo rir os restantes e causando neles uma ira de tal ordem que apenas se dissipava à pancada. Depois, arrependia-me, mas já ninguém me roubava a nota. Quanto ao peixe...

*Dum bem assim não se toma parte sem que se divida, rapaz...*

Entre os enlatados, descobrimos uma dúzia de pacotes de leite nas prateleiras junto ao chão e alguns sacos de rebuçados que comprámos com ideia de lançar a rede ao sorriso dos miúdos, só para lhes ver os dentes, como se os rebuçados fossem esse trampolim para o seu coração. Sendo justo, devemo-lo ao Dany – o guia que pela manhãzinha aceitava as águas que não podíamos trazer do quarto do hotel e que prontamente dividia com a concorrência. Bem que me ficou gravado o privilégio de podermos enlatar o sol no corpo sabendo, de antemão, que nos iríamos conservar em refrescos e hidratantes mal nos apetecesse sair da luz. Que também poderíamos aliviar a insolação com uma ou outra aspirina e que teríamos, além do mais, uma cama lavada para dormirmos

antes de voltarmos à praia

seguimos no interior da carrinha para nos protegermos do mormaço

à entrada do deserto

parámos para fotografar as miragens e os demónios de poeira que se alevantavam antes de chegarem aos Estados Unidos.

Rimos. Rimos como se fôssemos dali (e nos vingássemos do esquecimento daqueles que lideram o *mundo livre* sem libertar o que pouco lhes cheira) e continuámo-nos a rir enquanto se poliam os cantos à tarde.

A aldeia, num umbigo da ilha (onde não creio que alguém crie raízes), era senão um amontoado de zincos, lonas, panos e paletas sobrantes das construções dos menos pobres, formando um território escasso em rumor. Ali, não havia notícia. Nada exceto um corredor de enlatados batendo-nos continência. Dany explicou-nos que a aldeia se descalçava de vida quando o sol ganhava verticalidade suficiente para coçar a terra de ponta a ponta e que seria complicado sacar gente daquelas prateleiras junto ao chão. Que as sombras eram agora lei e que receavam abrir as portas. Havia medo. Porém, a sua presença era bem-vinda. Era, aliás, indispensável. O ordenado de guia (havia meia dúzia) assegurava-lhes o sustento. Assegurava o sustento daqueles que não sendo seus, o eram. Assegurava a aldeia e ainda a filha que estudava no estrangeiro. A sua missão era essa – a de viver para o outro, e a regularidade das suas visitas mantinha bem presente o toque para a recolha de mantimentos. Por isso, buzinou. Buzinou e nada. *Esperem só*, disse. Buzinou de novo e rimos como se fôssemos dali, pois uma avalancha de crianças materializou-se em gargalhadas, saltos e mãos – mais mãos que bocas, parecendo liderar o *mundo livre*, achando certamente que aquilo é que era viver, batendo continência ao saco de rebuçados, colorindo tudo em volta.

Atrás delas, as progenitoras amamentando, arrotando bebés enquanto fiscalizavam a algazarra, rugindo com o olhar, circundando-nos a nós, estranhos, e às mãos – mais mãos que bocas, que lutavam por um lugar próximo da carrinha.

Abri a porta, saí e é aqui que se dá o que realmente importa. Perdoem-me a delonga, mas compreenderão que a introdução fez alguma coisa pelo texto, não? E por vós?

Continuemos...

No meio do tropel, aquela que viria a ser a minha maior recordação de África:

de cabelos encanoados, cor de trigo, e pele de mel, uma menina não maior que os seus três anos surgiu levando à boca mais moscas que pão. Numa serenidade de quem não aguarda novidades, sem se misturar, calada, fixou-me na carrinha com seus olhos claros – quanto aquele mar pode, e atravessou-me como se já soubesse tudo.

Perplexo e impotente, via ser consumida pelos parasitas voadores que não enxotava das maçãs do rosto, da testa, das dobras da pele, da t-shirt azul-bebé – quanto ela, enquanto seus irmãos galhofavam eufóricos com os rebuçados na boca, enquanto a confiança permitiu que se depositassem filhos em colos alheios (talvez pela presença de Dany/ talvez pelo desconhecimento da existência de maldade no mundo), enquanto não fomos embora.

Nessa noite, ao jantar, estendemos sobre a mesa a Baía dos Tubarões, a vista do Monte Curral, a *Buracona*, o mergulho surpresa nas salinas, o cuidado do Dany ao limpar cada canto da carrinha antes de nela voltarmos a entrar. Estendemos toda a quinzena e, feitas as contas, no cômputo de todas as memórias, sobrou-nos uma carcaça velha (des(coberta de moscas e dois olhos azuis-turquesa – esses, que mais tarde compreendi haverem sido as ilhas do único arquipélago que verdadeiramente visitara.

# DA AVÓ, DO PIANO E DO PIANISTA

à avó Lucília

A tarde era de pouco dinheiro. O bilhete ida e volta bastara para que se esfumassem as minhas poupanças, mas as agradáveis temperaturas e a visão do sol despenhando-se sobre a Boavista faziam desvanecer quaisquer dúvidas. Em breve, iria cadear na memória o que adiante confirmarão como vitória. Comecemos, no entanto, por expor a imbecilidade com que andei murando meus dias. Refiro-me, mais concretamente, ao desamor pela música erudita, pois é com ele que irei coser as primeiras linhas deste texto.

Do que lembro, a avó sempre se equipara dos clássicos. Chopin, Mozart, Ravel... E eu, criança, enfadava a ouvi-los. *Outra vez arroz?*, questionava sem a questionar, revirando-lhe os olhos sem os efetivamente revirar. À distância, creio ter-se tratado de simples oposição ao regime, já que na sua falta, algo me impeliu a redescobri-los.

Hoje, parece que ainda a oiço entusiasmada, propondo-me os festivais de verão. E parece que ainda vejo seu olhar desiludido por sempre dizer que não. *Que não podia. Que não queria. Que pouco me interessava*. Levou-me anos a aceitar que nascera fadado para a poesia. De menino, rematava ditados com rabiscos e é sério que alguma música demora a criar raízes.

*

Vindo do Japão, o piano favorito da avó conservou seu papel de caderno de rascunhos melódicos até a guerra estalar e acabar migrado para Lisboa. Do navio[1], retornou esquinado, mas vivo, ao que apelido de: "milagre da música", visto ter-se salvado por obra e graça dalgum espírito menos santo que não soube ou não quis resgatar as demais mercadorias.

Décadas mais tarde, à força de seus braços, entrou-nos pela casa numa mudança abençoada pela chuva. Recordo os quatro, seis homens (?) acompanhados de indicações guturais e desabafos azedos erguendo-o escadaria acima. Quatro, seis homens (?) para meia tonelada de acordes e eu no estreito dos degraus, sem saber ajudar, vendo um deles marcar as paredes com seu correão de pele num rastro que se assemelhava a um fio que conduzia do rés ao marfim. Traçava-se um convite?

Era nisto que matutava quando o sol se despenhou na Boavista. Nisto e no quanto significava para mim atender à *masterclass* de um dos maiores pianistas do século XX. Que privilégio e quanta sorte necessitaria para que deixasse uma recordação sua no retrato que mandar imprimir a preto e branco[2]?

Haviam-me avisado para que não acalentasse ambições. Que passava pelos admiradores calcando-os. Que não resultavam choros. Que não aceitaria rubricar ou dedicar

........................

1 Navios de carga foram utilizados durante a Guerra Colonial Portuguesa para retirada de bens e pessoas de Angola.

2 O facto de não ter sido impresso com recurso a cor, não se prende com a intenção de lhe dar um ar *vintage* ou, como lhe chamam agora, *clean*, mas porque me ficava mais em conta.

coisa que fosse. Todavia, não seria senão a cereja no topo duma esperança em ouvir qualquer nota que me levasse de volta ao antigamente e, afeito a longas esperas, cheguei cedo e cedo suspeitei dum automóvel escuro, típico de hotel, que tateava o recinto. *Não me escapas. Não no meu turno.*

O motorista estacionou nas traseiras de trás e não se demorou a abrir-lhe a porta. Eu corri a estender-lhe a caneta e o retrato em jeitos de veneração, mas ele perscrutou-me, virou-me a cara, soergueu-se com o auxílio do segurança da casa e cambaleou dali usando-se dele. Nem chus nem bus. *Não quis, não quis... Pronto.*

Foi então que o segurança voltou para trancar a entrada e me chutou assim: "Que queres?". Respondi-lhe arrastadamente que nada. "Autógrafos? Esquece." – Tive fé – disse-lhe e ele condescendeu: "Marcador? No balcão daqui a vinte. O 'não' é garantido" – imiscuindo-se pelos confins do corredor que levava a sabe-se-lá-onde com um: "Viste como foi...".

Aguardei. Aguardei à sombra e... – Nada feito.

Agradeci e agarrei a foto fazendo contas ao lixo mais próximo, mas o segurança retornou com: – Estás com sorte... Abraço. – Podia que..? Levei a imagem à cara e: – Acompanhei-o ao camarim. Deve deduzir que sou eu a... Percebes? Alguém tem de o meter no carro.

Agradeci de novo, prometi-lhe uma amizade sincera e corri para a plateia com o retrato colado ao peito. A sala estava esgotada (exceto o lugar à minha esquerda) e tive a sensação que o público se convencera de que assistiria a um recital.

A ilusão só se pode manter até ao limite da paciência de cada um, verdade? E a prova chegou mal a assistência começou a debandar interrompendo-lhe o raciocínio. Por coincidência (?), nesse instante, vimo-lo exemplificar-se com a minha composição favorita: «Impromptu op.90 no.3» de Schubert e ainda estou por saber se se redimia ou vingava... A verdade é que deu o que tinha e lembro-me do seu resfolgar entre notas, do suor perlando-lhe o rosto, dele totalmente desgrenhado nessa que seria a única ocasião em que pegaria a tocar. Lembro-me também dos aplausos, dele a sair e a entrar no palco, a sair e a entrar no palco e eu cheio de pressas, aflito para apanhar o último rápido da noite.

A estação ficava longe e acabei sprintando todo o caminho. Porém, valera. Valera bem e, entre o cansaço e o embalo da viagem, o lugar à minha esquerda – aquele lugar livre à minha esquerda (!), voltou a ocupar o meu pensamento. Então, sorri. Sorri amplamente. E compreenderão aonde quero chegar...[3]

[3] Tenho para mim que a avó sempre esteve comigo, a meu lado, como era meu desejo.

## ‘92 – ‘97

aos avós Silva

### I

– Operamos esta?

– É mais que as outras? – e *zás*, cabeça aberta. Zás, alertam-se os curiosos (!) e da cruz jamais se livra! Marcada para a vida. (Ou para a morte?) Desidrata, bicho! Desidrata em venenosa evaporação para que ninguém queime os pés nos teus ancorados tentáculos. Uma a uma, sem estrebucho, rendem-se as medusas ao búzio (des(afiado. À tua, companheiro! À tua! Graças a ti, meu bisturi dos mares, reservámos ao mundo apenas as coisas boas.

No regresso, tal *Hansel & Gretel*, um fio de gelatinosas mapeava-nos o trajeto e só o esfomear da maré subindo e o nosso estômago manifestando-se pelos pregões: *Olha a bolinha!*, nos interrompia a empreitada. Obviamente que ao toalhar, enfardava a minha e ainda mamava a metade maior da dos outros. *Glutão!* Tivesse eu enveredado pela rua da contenção e a memória não me consentiria este luxo da escolha fundamentada. Pechisbeque, nunca! Espremam para aí vossos recheios no areal, afoguem os palradores de literato estrangeiro no mar. Tanto caso fazem em exibir as novas geladeiras e esquecem-se das vantagens do vime. Já poucas são as que dão à costa... Cestas, vó? Bolinhas? Que dizes? Quiçá se emaranhem nas redes das traineiras, filho. Isso é que era doce! Mas vó, não baralhes as ideias. Não tem havido medusas. Nem búzios. A ilha esqueletou-se de tudo. A própria ria deixou de se atravessar a pé, assorearam-na. Com que direito? Imagina que até nos proibiram de apanhar conquilha sob pena de infringirmos a nova lei da conservação das espécies. Multam? Pois. Acabaram-se as cavalitas do avô e o medo fingido dos caranguejos. Esborracha-os! Pra toca, malvados! Pega no búzio e... Batiza-os, filho. *Zászászás*. Outro dia, vó. Faz-se tarde. Da próxima atravessamos a ria na bicicleta do teu avô. *Ahhh beleza!* Que se danem os barcos, né? Aconchegado no cesto, todo teso de mim, é que me sinto em casa. Revezo o cão que nunca tivemos, cheiro a brisa, choro o chupa e, na volta, paramos para colher flores. Desde que o vizinho não tope... Um ramo quantas flores são, vô? Já viste que ninguém conta as gotas que leva no corpo quando sai da água? E um ramo de lantanas quantas pétalas são?

Vamos que o fogareiro já parece estar aceso. É favor colocar-me no cesto. Sou a flor da tua cicleta, vô? Quero-me a caminho, ouves? Acorda! Será que algum choco te tintou as ideias? Deveria vir um cangarejo morder-te os calcanhares. Acorda! Vô, aproveitamos a casca do choco para o canário? O bico está-lhe ao lado, canta ao contrário. Pobre. Tão amarelito o piolho. Será icterícia? Vou dar-lhe conquilha. Chega de alface, nem é grilo... Sirvo-lhe do nosso refogado? Cheira tão bem. Não falas? Tens razão. É burrice impedir que as cigarras se ocupem da conversa, mas devíamos ter trazido um saco ou o chapéu de palha da avó. Assim, levava as flores sem lhes apertar o caule e aposto que o pai oxigenará a fogueira doutra forma. Será sardinha? Robalo? Cavala? Douradinha, vô? Vá, vamos. Amanhã é o último dia e daqui a nada o carvão pega e a comida estará na mesa. Dou esta à mãe ou a direita?

## II

– Operamos esta?

– É mais que as outras? – e puxamos dum daqueles galhos que dão à costa como se o mar pensasse em replantar a terra (sabe-se que há muito mais terra no mar que mar na terra) e *zászászás*. Desta feita, um xeque-mate na medusa e *Hasta! Next!* que nesta costa só areia e na areia só as nossas pegadas e uns quantos buziozitos, né vó? Os búzios são a memória que o mar deixa à terra para que esta se lembre dele enquanto ele dorme, não é avó? Por isso, me ensinaste a colocar o ouvido junto do búzio (ou o búzio junto do ouvido?) quando já não havia Algarve, nem lantanas, nem conquilha, nem... Com essa brincadeira, deste-me acesso ao som das cigarras, ao caminho para casa, aos cinco tostões que o avô desencaminhava para o chupa. Deste-me um livre-passe ao cheiro da ria, à torreira dos barrotes assentes nas dunas, às pernas do avô sobre as quadras de cimento polido que dividiam o território humano do reino-animal, àquele caminho improvisado sobre o lodo, à visão de torre, uma torre no forte dos ombros do avô, ao teu chapéu de palha cobrindo-me a nuca nas viagens rumo ao sul na traseira do *19* que rebocava a nossa vida para uma quinzena sem imaginar que nos levaria juntos para sempre. O búzio converteu-se nesse meio de transporte desrodado, no voo que nos aproxima até quando estás no lar operando certamente menos medusas que lembranças. *Juras não dizer aos pais? Estou a escrever este livro...* Porém a memória sempre te atraiçoa e *Como está o trabalho do menino? Terminou o livro?* Mete o chapéu à frente da boca, avó. Cobre-a para que ao menos não se entendam as perguntas, raio! Perdoa-me... Desculpa. São os nervos, sabes? E eu quase apostava que não te irias aguentar e que a mensagem correria melhor na diagonal. Estás até a fazer-me um favor. Esta minha maneira de contar ao teu filho e à tua filha (por ternura) que não ando a ver passar navios... Mete o búzio ao ouvido ou o ouvido no búzio, como preferires, eu acompanho-te. Fazemos que é telefonema. *Alô?* Nem imaginas os seres flutuantes que por aqui andam. Devíamos tratar-lhes da saúde. Vamos? Bora! Ou melhor, espera. Talvez nos tenhamos precipitado todos estes anos... Vó, não deveríamos ter-lhes dado uma cruz, mas os nossos nomes para que lá adiante alguém nos lembre...

# JOSEFINHA DO MEU CORAÇÃO

Josefa era diretora dum aquário onde se aprendia a ser peixe. Josefa era uma baleia-azul muito muito velha e fazia questão de ser tratada com o devido respeito. Com barbatana de ferro, Josefa impunha suas regras, acertando o nado à raia miúda sempre que esta atentava aos valores do costume. Com seus anéis de oiro, Josefa carimbava as frontes e o íntimo de seus alunos. Era esse o preço a pagar pela frequência em tão prestigiada instituição.

Recordo os coitados colegas depois daqueles beijos metálicos, um tanto indispostos, à tona, procurando um pouco de céu e recordo-me das jacarés, que policiavam as águas, chegando-lhes nova roupa às escamas, puxando-os para o fundo. *Não espreita que descobre*. Recordo, por último, as professoras que levavam por tabela, sofrendo igual aos outros.

Havia, porém, uma exceção. (Há sempre?) Quando do gabinete de Josefa ecoava Tchaikovsky (como douradinho observava tudo aquilo à distância), era sabido que se aproximava o maior dos lagartos aquáticos, responsável por todo o recife, seu único e exclusivo amor.

De fato engomado, todo pimpão, giro, entrava escoltado pelas escamosas, que se vingariam em nós caso levassem na tromba por terem falhado algum protocolo, e lá se aumentava o volume da epopeia sonora. O trinco assobiava três vezes e desassobiava outras tantas para que ele saísse peneirento sardão de sangues-quentes, ajeitando com ar gozão a sua apertada gravata azul, sorrindo guloso, ainda antes do almoço, com Josefa na sua cauda soltando perfumes e calores próprios de quem embaciara o aquário e aquecera nossas águas que nem caldo. Seria sua semanal dose de..?

*

Por estes dias, vi a baleia-mor e a baleia-mãe arrastarem-se na rua tal-qual nos arrastámos todos naquele lugar que, entretanto, sem água ou resquícios de vida. Julgo que Josefa se reformara e notei que perdera a característica massa adiposa, encolhendo numa ruga.

Desconfiei daquele seu ar virginal, próprio do passar dos anos (?), e passei em revista, sobre o passeio, as cruzes em cada divisão, os nossos natais na sé-catedral, o estarmos calados ao almoço, o estarmos calados por obrigação, a maneira como pareciam ler-nos os pensamentos (até os pensamentos), os avisos: *Deus está em cada gota*, enfim... Tudo para termos medo? Respeito? O segredo está em silenciar-nos por dentro?

Josefinha – essa vaca com barbatanas, fez ternura em estalar e instalar-se no rosto de muitos, muitos anos. Alguns sucumbiram, mas eu não. Talvez por declamar estrofes. Ou talvez tenha tido apenas sorte. Não sei... Sei é que naquela tarde podia ter caçado Josefa com meu arpão, podia ter-lhe esborrachado a fé como se faz aos piolhos, podia ter-lhe chapado a fronha com os anéis que não possuo, podia ter-me vingado a sério, mas... Nada. Mantive-me quieto, ao largo, e não vale a pena continuar a estória. Queria somente deixar nota.

# SHIRLEY E OUTRAS CARTAS

Chamem-me o que quiserem. Cresci com velhos. Avós, pais, tios, amigos que sabiam de que tratam os séculos. Seres na outra ponta da vida, barricados nas suas responsabilidades, cientes da etiqueta de todas as horas, que prontamente valoravam meus gestos e me faziam crer na mais pequena coisa – uma flor abrindo, uma camisa engomada, uma refeição quente, enfim... Seres que me ensinaram que a vida reside aí e, foi por aí, que me passaram as grandes lições.

Envolto nelas, corri longe do mundo e, dele protegido, sem a prática do quotidiano, aprendi que as lições são primas do medo e o medo irmão da preocupação.

Sou filho-único, de pai filho-único, de mãe caçula cujo irmão partira cedo. Fui criado, como imaginam, à distância de um passo, quase sempre sob as saias em volta (muito mais que). Quiçá, por isso, tenha enquadrado a minha visão no feminino, habituado que estava à presença das avós, das tias, das amigas das amigas da mãe. Habituado às suas preocupações, aos seus desejos e necessidades. Porém, com o avançar dos anos, determinados assuntos começaram a escapar ao meu universo. A certo ponto, já se arregalavam vistas, tossia-se, burburinhava-se, varria-se o vocabulário, mandavam-me à procura daquilo que não faltava, sorriam na volta, envergonhadas, percebendo que colocava um pé no lado de lá da barricada. A pouco e pouco, a ilha foi-se afastando na corrente sem se esquecer de barro era feita. Pátria há uma.

Amadureci, por isto, cedo. Em criança, fui adolescente. Na adolescência, adulto. Logo, sendo novo, era velho e, sem escapar às alcunhas chistosas, na escola: *Sai daqui, ó cota!*, seriam as artistas muito velhas, muito maternas, muito minhas contemporâneas, a contemplação de seus figurinos e suas performances, a convocar-me e preencher-me. Seriam família. Parentes das minhas parentes. Pessoas de quem elas gostariam.

*

Duas décadas volvidas e só as plataformas digitais permitiam que seguisse quem me desconhecia. E quão triste seria morrer sem me apresentar?

Fiz das tripas coração para encontrar suas moradas e descortinar o modo de nos correspondermos sem que pagassem o retorno. Chamem-me o que quiserem: *stalker*, inocente, doido... A verdade é que um homem vive de seus sonhos e, na minha melhor letra, no mais alto tom da cordialidade, atirei-me ao papel.

Saberão tão somente que lhes falei ao coração. Que falei a verdade e nada senão. Noutras palavras: solucionei-me e aguardei.

Curiosamente (?), as respostas não tardaram e é a mais especial que partilho.

Shirley Bassey, *Dame* e tudo, respondeu assim: *Ao Pedro, com todo o meu amor e admiração, Dame Shirley Bassey.*

A dedicatória, sobre uma foto arrancada a um momento

de palco[1] *Seguramente valerá uns tustos!*, mas que m'importa? Não nasci ganancioso e, esta, era a prova provada de que todos vivemos no mesmo plano. Todos (!) por maiores que. E se todos iremos passar pelo mesmo elevador, barca (?), porque não escrever-lhes antes de? Se me cresce e se lhes cresce o coração, porque não conhecê-las também? Hão de esconder-se?

As cartas foram essa plataforma. Um banco para um *olhos nos olhos*, para perante. Depois, larguei os andarilhos, pus-me em bicos de pés e comecei a espreitar, a dar os primeiros passos, a caminhar, a caminhar, a caminhar esperando que as portas se abrissem e abriram.

As minhas velhas ficariam orgulhosas, aposto. *Filho, tu consegues tudo. Como gostam de ti!* – exclamaria a minha última avó. É que gostam. E se gostam é porque sentem que daqui lhes chega o que um artista realmente busca: sinceridade.

E por falar em sinceridade, lembro a Joaquina e o seu grande amor por um desses cantores muito *pops*, muito multipremiados. Esse amor que a fez voar para Paris, já na reforma, sozinha (!). Ela, sim. Sempre de frente para a vida. Nem a falta de paladar lhe estragava a comida[2].

........................

[1] Em cada envelope reuni os melhores postais da minha terra e um par de imagens que mandei imprimir sem expectativas.

[2] *O cancro tirou-me o palato, não o gosto!* – exclamava a tia à sobremesa.

*P.S.*: Para registo, nas costas da foto: "Aveiro looks beautiful, DSB" (= Aveiro parece linda, DSB"). Um bocadinho da minha terra havia-se espalhado pelas mãos, pelos olhos e pelo peito da Shirley e, no longínquo Mónaco, uma velha muito velha tomara conhecimento do meu amor por ela.

# ELZA É

à Elza Soares

*Menino, você não tem frio?*

Cheguei de boleia ao Príncipe Real e pus-me a caminho da livraria. Era cedo e ainda alimentava a ideia de que tudo não passava dum sonho.

O céu estava liso e lembro-me de olhar o rio, lá ao longe, fatiado pelos edifícios sobre a colina. Lembro-me, inclusivamente, de me sentir em casa quando ouvi andorinhas.

Apesar do calor, que obrigava a que se percorressem as ruas pela sombra, tinhas as mãos frias, quase geladas, e segui o restante trajeto à luz.

Vinha informado que a livraria ocupava o rés de um palacete oitocentista e mal lhe achei a porta, fui de encontro à escadaria. Queria tomar a cidade de cima e subi.

No 1° piso, os corredores atulhados de ornatos, esculturas e quadros (que se vendiam a peso de ouro), levaram-me a questionar o papel da arte. Será autossuficiente? Autodeterminada? Vejamos: *rooftop*/ música-ambiente, jardim/ estátuas, parede/ livros. E seu inverso?

Seja como for, para decifrar o rio no meio de tamanho emaranhado de cabos, postes, chaminés e parabólicas, teria de continuar a subir. Queria numerar as canoas e os veleiros que rasgavam as águas, ver sobre os telhados e foi da varanda do 2° que colhi o Tejo na sua plenitude de peixe-gato, ao comprido das margens, com seu lombo de escamas coloridas.

Admirei-o, fotografei-o muito e voltei a descer. Um nervoso miudinho, que me roía as pernas desde o almoço, começava a manifestar-se pelo tronco. Estava na hora.

A livraria parecia agora transformar-se numa espécie de igreja. Na sala de trás, uma poltrona compunha o altar de Elza que se pousava em carnes e *shirt* canarinha. Olhei-a sem me aproximar e decidi aguardar ali longe, estendido nas prateleiras.

*

"Vergonha alheia" é o constrangimento que sentimos ao reprovar o comportamento doutrem, correto? Ouvi: – Quando alguém tem a sua idade... – Mas que idade? Não existe idade, existe tempo. (primeiro silêncio) – Porque demorou tanto a lançar um primeiro disco? Eu sei a resposta, mas gostava de a ouvir pela sua voz... – Qual primeiro? – O seu primeiro disco. Bem, na verdade só tem dois, não é? *Deus é mulher* e *A mulher... –...do Fim do Mundo*. Depois de oitenta e tantos discos, são mais de oitenta discos gravados, entendeu? – Hum. (segundo silêncio) Mais tarde: – E concertos, algum agendado? – santa ignorância... Santa Elza que maternalmente lhe explicou que tendo já cumprido calendário com um concerto nos carnavais de Ovar, se apresentaria a dois passos dali, no Capitólio, em menos de vinte e quatro horas.

Outro silêncio fê-lo coçar a maçã de adão e adotar uma postura quase de paródia. Eu afastei-me, mas é provável que tenha largado algum tipo de piada desajeitada, porventura ofensiva, pois aí... (quarto silêncio)

Sem saber, Elza captava-me pelos cantos. À distância,

observava-me com a sua biografia colada ao peito e observava, certamente, o meu sorriso parvo.

Vinha para a prestigiar e para lhe agradecer. Vinha com antecedência e alguém com responsabilidades teve a coragem de me abordar e ceder uma postite que se lia, a marcador azul: "1°", reforçado por um círculo em volta. Eu cá, penso que tenha sido uma espécie de passe para a medalha de ouro na corrida ao coração de Elza, uma vez que tal espera merece honras e demais regalias, não?

Mantive-me na dianteira da fila, que lagarteava passeio fora, até que permitiram que começássemos a ocupar os lugares sentados.

Pouco então, Elza, que se havia ausentado, voltava ao cadeirão acompanhada por Zeca Camargo (seu biógrafo). Imagine-se a emoção do cara a cara, de ouvirmos, para abrir a conversa, "Rosa Morena" *acappella* e de desmistificarmos, de seguida, o episódio que deu origem ao seu primeiro *big break*[1] – uma famosa audição que passo a relatar:

*Que veio fazer aqui? Eu vim cantar.* ("Magrela, mal vestida, mal penteada, mal calçada e eles assustaram-se com a minha presença." O vestido da sua mãe, números acima, preso por alfinetes e umas chinelas que alcunhavam de "mamãe tô na merda", deixou o público a rir, abrindo a porta ao deboche do apresentador.) *Quem disse que canta? Eu, seu Ary.* Cantou "Lama", mas não sem antes levar com: *Me responda, menina, de que planeta veio? Do mesmo planeta do senhor.* (E passou a perder lágrimas no rosto e ele a paciência.) *Que planeta é esse??? Do planeta fome.*

1 Do inglês: primeira grande chance para a fama.

Diante do teatro lotado, no final: *Senhoras e Senhores, nesse exato momento nasce uma estrela!* E assim nasceu Elza Soares, no *show dos Calouros em Desfile*[2], após uma humilhação (mais uma) superada com sucesso. Creio que tenha passado a vida a fazer prova do seu talento e era nisto que refletia quando me senti elevar da cadeira e iniciar a pairar sobre a audiência. É pelo menos desta forma que recordo o momento em que confirmaram que Elza beijaria a minha biografia[3] e cederia a assinar tudo quanto desejava. Se desci à terra, foi apenas porque ela me puxou para baixo, ganchando-se ternurentamente ao meu braço. Fiquei atónito e claro está que capturei o instante. Claro está que agradeci muito e que saí sem lhe virar costas, segurando com as palavras a promessa de que haveria de me voltar a ver na primeira fila.

*

Entretanto, assinei o contrato para a publicação do meu primeiro livro (poesia, *por supuesto* – outro género não iniciaria a minha vida literária) e custa-me terminar o dia com a notícia de que Elza morrera. Mas morrera mesmo? É que:

*Menino, você não tem frio?*

*Menino... Cê não tem frio?*

Após o concerto, ao aguardar pela sua saída (e aguardaria bastante, uma vez que ela recebera todos os fãs com o propósito óbvio de se despedir deles, de se despedir de quem

---

2 Apresentado por Ary Barroso para a Rádio Tupi.

3 Com batom caprichado assinava seus livros, pois as mãos seriam incapazes de absorver a demanda de tão furiosa linha de montagem.

lhe havia sido fiel), sentia frio realmente, mas o cuidado da pergunta *Menino, você não tem frio?*, acalentou-me. Estava diante de uma mãe, de uma avó, de uma amiga, de alguém que apesar de fazer parte da História, ainda tinha tempo, discernimento e amor para despender com o próximo. Essa era Elza. Essa é Elza. E será sempre.

Elza, se me leres, que saibas: nessa noite não senti mais frio, mas sinto-o agora.

## NOTA DE AUTOR:

Alguns dos textos que aqui se encontram,
poderão ter sido lidos por vós em versões embrionárias
espalhadas por Portugal e Brasil.

É o caso de:

"DOS VIZINHOS E DAS VASSOURAS"
*Revista Artes do Multiverso*, N°10

"COMO CHUMBO"
*Revista LiteraLivre*, N°46

"DO CAFÉ E DO UÍSQUE"
*Antologia Teias e Arcos: Contos de Pertencimento*

"DO APRENDIZ E DA SABIDA"
*Revista Voo Livre*, N°49

"DOS DE DENTRO E DOS DE FORA"
*Revista [Sem] Equívocos*, N°31

"SHIRLEY E OUTRAS CARTAS"
*Revista Barbante*, N°82